T0113789

CUENTOS DE TENTACIÓN

MARIANO MORILLO B.

authorHOUSE®

AuthorHouse™
1663 Liberty Drive
Bloomington, IN 47403
www.authorhouse.com
Teléfono: 1 (800) 839-8640

Publicada por AuthorHouse 07/06/2016

ISBN: 978-1-5246-0586-5 (tapa blanda)
ISBN: 978-1-5246-0585-8 (libro electrónico)

DEDICATORIA

A los estudiantes por sus incansables acciones
para transformar el mundo.

A mis lectores, aquellos que motivan mi producción.

A mis padres.

A mis hermanos.

A mis hijos. y a todos aquellos que de una u otra
forma contribuyeron a hacer posible esta obra.

Gracias.

-Mariano

ÍNDICE

PRÓLOGO

Lo que hoy le estamos ofreciendo es una inusual producción de un autor que ha sabido conjugar la prosa y definir el camino innovador de la literatura expuesta a la tradición, para rescatar el amor el dolor la felicidad y la libertad para aquellos lectores que se sienten atraídos por la cuentistera, y que han seguido de cerca los obstáculos planteados a aquellos aventurados a escribirlos.

Desde Hemingway, Borges, Cortázar, Carpentier, Cortázar que trabajó en todos los géneros, o García Márquez, entre otros que hicieron poesía en su juventud, todos estos escritores de gran estatura han dejado un legado que en algún momento se pensó que nadie se atrevería a continuarlo.

Sin recurrir a comparaciones ambiciosas, podemos decir que "la obra Cuentos de Tentación" que hoy nos sirve Mariano Morillo B., como un plato fuerte para degustar, viene a ser un aporte imperecedero a la literatura universal. Morillo B., es otro de los que no le ha faltado el coraje para incurrir en todos los géneros, con capacidad plena, insinuante y sugestiva.

Tal y como lo establece el autor, es difícil reprimir el pensamiento. En el trayecto se desarrolla manifestando las distintas emociones que lo integran, desde el fanatismo a la pasión, siendo estas emociones tan variables, las que definen la existencia del hombre, dando lugar a su evolución a través de la versatilidad del mismo.

Morillo B. a través del tiempo nos ha mostrado su imprescindible sagacidad en el manejo de las vivencias humanas, sorprendiendo a la musa para atraerle la inspiración, y en su capacidad para fundir y construir prosa, libera su pluma de medidas métricas, aproximándose a un estilo libre sin medida, pero con una rima que induce al lector a elucubrar el pensamiento de la historia.

"Cuentos de Tentación", es esa mística evolutiva donde el lector encontrará una pauta recurrente en el recorrido de sus páginas. Prosa de gloria y paz, glosario ideológico, místico romántico y social. Expresiones vivas que justifican el espíritu del ser, al despertar de un sueño que parecía verdad.

El Enigma
de la Muerte

Erase una vez que cuento, lo
que siempre ha sucedido, lo
que dicen que no ha sido, lo
que dejara de ser.

Surgió de un abismo tan profundo donde nada se percibía, pedaleaba una bicicleta en sentido contrario, y aunque el calor era intolerable, cuando surgió tronaron los cielos.

Un relámpago chispeante rasgó la tarde gris y las nubes se tornaron más oscuras.

El personaje enigmático conducía de norte a sur, obstaculizando el tránsito. El Cross Bronx en un instante se tornó como un hervidero de automóviles desde donde los conductores observaban curiosamente al aterrante personaje, quien sereno y sin apuro transitaba por aquella autopista.

Poseía un rostro cadavérico, vestía saco y pantalón negro y desde el centro de su vientre sobresalía un gato negro con ojos amarillos. Tanto el gato como su dueño, conformaban, una fisonomía que infundía un acuciante terror a quienes no controlaban sus sentidos, de forma que debido a esa condición propia de su conformación esencial, bien podía provocar enojos sorpresivos.

Se encaminó hacia un automóvil que corría de sur a norte en dirección adversa a la que él llevaba, se detuvo obstruyéndole el paso, mientras el conductor exasperado y boquiabierto le tocaba bocina insistentemente. Todo en vano, el extraño personaje se mantuvo inmóvil, como petrificado.

Con hálito de entereza el conductor abandonó su auto, con enojo tomó del cuello al horroroso personaje y apretando los dientes lo zarandeó fuertemente y le dijo casi mascullando:

—Quítate de mi camino.

Sin embargo cuando se percató, ya era tarde, el gato saliendo del vientre del enigmático, saltó sobre su cuello y no lo soltó hasta que sus extremidades flaquearon. Al perder sus piernas el equilibrio, en el mismo instante había sucumbido. Su cuerpo cayó sin vida.

El tránsito se detuvo, aparecieron bomberos y policías seguido por las ambulancias. Cuando intentaron detenerlo, el misterioso personaje poseído de una serenidad extrema, se elevó sobre su bicicleta roja, flotando sobre el aire. Una lluvia de balas cayó sobre él, pero los disparos simplemente atravesaron su cuerpo, traspasando su piel sin causarle daño alguno.

La lluvia había comenzado a caer y la autopista cada vez se hizo más intransitable. Dos días más tarde, la prensa seguía hablando sobre el misterio del Cross Bronx, y la gente en las calles y en los trenes comentaba los hechos desde distintos puntos. Unos con gestos de incredibilidad y los demás, resignados. Los evangélicos dedicaron cultos para disuadir al enemigo y hacían vigilias masivas, elevando grandes oraciones, otros hablaban en lenguas buscando disuadir las intenciones de la aparición.

Sin embargo, nada lo detuvo y reaparecía en presencia de todos y por donde pasaba sembraba el caos y la destrucción, y en su trayectoria dejaba cordones de cuerpos sin vidas.

La historia se hizo una historia antes de que supiera que era una historia, comencé a oír su voz antes de que supiera que era su voz. Las palabras escritas se hicieron eternas, los ricos fueron más ricos y la verdad parecía tornarse peligrosa.

Su rostro se volvió invisible porque los ojos que lo contemplaron, no volverían a verlo de nuevo. Era necesario llamar a las cosas por su nombre otra vez. Nunca habría de pensar que sería la última vez que escribiera su última carta: la muerte andando en la tierra, era definida como una eutanasia.

Vergüenza, gusanos y guerreros, deambulaban en cualquier dirección, nadie esperaba a nadie, y se creían privilegiados al morir solos, asustados y sin más aspiración que abandonar el mundo amargo que los había despreciados.

Aceptaban la forma, pero temían al contenido, querían vivir sin tener que enfrentar la verdad. Sabían que los valientes tenían muy buen ánimo. En cambio, otros pensaban que la muerte era simplemente la muerte. Todos temían o carecían del valor de mirarla de frente.

Eran expertos en sugerir como debían morir. Hacían bromas que más bien parecían un sentido diferente de humor, y cuando por esas circunstancias de la vida, escapaban de los azotes de la muerte, se hacían intolerables y hablaban con orgullo, y decían donde todos los oyeran:

—No me pudo llevar porque no era mi turno.

Los que murieron olvidaron sus caras o el color de sus ojos, mientras que otros pensaron que el calor de sus brazos apoyaban su cuerpo y que sería un pecado no saborear sus besos, pero la muerte como el agua era insípida e incolora, su color sería indescriptible y su misión indefinida, no sabían qué decir, ignoraban el auténtico sentir de su accionar.

¿Qué significaba su misión? Dolor o liberación. Y su presencia contestaba a todos, pero no decía nada, sugería no creer todo lo que parecía que era, porque no todo lo que parecía, era exactamente lo que aparentaba.

Para él, ni su mente ni sus ideas le parecían prudentes porque todo conducía a un objetivo trazado para la destrucción. Nada le parecía sagrado. ¿Cuál era la esencia de su ser? ¿Qué justificaría su existir? ¿Por qué quebrantaba el camino trazado para una humanidad? ¿Cuál era la razón para interrumpir la vida de los que vivieron ignorando que un día morirían?

Entonces se juntaron, bebieron y danzaron, al ritmo de una música que alborotaba a los oyentes, ensayaron placeres desconocidos, y sin embargo olvidaron la razón que los indujo a luchar por algo diferente, y el por qué de una guerra que enfrentaba al hombre con el hombre, donde sólo se facultaba la misión de la muerte.

Los generales caían en una lucha estéril queriendo cambiar el mundo, en cambio reporteros y escritores, buscaban colectar la historia para escapar de él.

El hombre nunca antes en su historia de vida, había visto a la muerte encarnada y esto lo condujo a una mayor confusión porque la muerte se hacía pasar por uno de ellos y sólo al mirarla de frente la veían diferente.

La muerte en cambio no dejo de burlarse de él, fue entonces cuando sembrando cizañas inducía a los vivientes a guerrearse, para ella cumplir sin esfuerzo, el cometido de su ser.

Ella sabía que el hombre como humano no era adepto de cambio en sus costumbres, en sus valores, ni en su folklore. Sólo la paz y la salud podrían contrarrestar los planes de la muerte, pero la ignorancia del hombre, sobrepasaba su comprensión, y lo llevaba a aferrarse a los bienes terrenales, imposibilitándose que éste entendiera los niveles de vanidad y la utopía del desprendimiento, para el respeto mutuo, y poder desprenderse de las ataduras de la envidia, el rencor y el dolor.

La muerte sabía que el hombre no estaba preparado para convivir en solidaridad, y también sabía que el poder y la fuerza lo usaban para su autodestrucción, fue así como ellos facilitaron la acción para su perecimiento, ella aprovechaba la condición de aquellos para desprenderlos de sus cuerpos, impidiendo que completaran el fundamento de las distintas misiones que por libre albedrío traían asignadas.

La muerte sabía que el hombre por los errores de su inconsciencia, aceleraba su tránsito de la vida terrenal tan importante para la expansión de la experiencia vivencial del espíritu, para la manifestación de la felicidad, la adquisición del despertar, la expansión de la luz y el rompimiento con las ataduras del tercer sello donde se ha mantenido atrapado desde los tiempos de su involución, e incapacitado para imponerse a las limitaciones, impidiéndole trillar el camino de regreso al padre.

Todos se sorprendieron ante la resistencia del rico Charlie, quien a pesar de haber sido afectado por todos los golpes de la muerte se había resistido a morir.

Se hablaba de que los pobres caían arrodillados antes cualquier intento de la muerte, entregándose sin oposición, porque entendían que el tránsito de la vida terrenal a la condición de espíritu, era liberación, como humano se sentían limitados, como entidades espiritual era mayor su comprensión, y su razonamiento, pero el rico Charlie que había tenido una existencia opulenta, con más alegría que dolor, porque ni para alcanzar la fortuna que ostentaba había tenido sacrificio, debido a que había heredado una fortuna que jamás gastaría, ni él, ni sus hijos, ni los hijos de sus hijos, por siempre "amén."

Expresaba cuando se confesaba, y saboreaba la galletita fina que su cómplice el sacerdote le daba como hostia en la iglesia, y él pensaba que si los hombres de ninguna posición social, podrían resistirse a su fortuna, mucho menos la muerte estaría facultada a interrumpir su alegría, y para ello el rico Charlie había tomado un talismán de alicornio, violentando los consejos del sacerdote, que le había advertido que si tomaba algo igual, no sólo estaría protegido, sino que ni la misma muerte lo vencería con facilidad.

Ciertamente, la muerte ya estaba hastiada porque el rico Charlie, aún en un estado agónico, se negaba a desencarnarse, y la muerte algo desconcertada, veía peligrar su condición porque si el rico Charlie no sucumbía, ella sería irrespetada y otros tantos según ella, se apresurarían a quebrantar la ley de la vida, apresurando o prolongando el tiempo de permanencia en el planeta tierra, y aunque existía un libre albedrio, habían leyes que no debían violarse.

La muerte sabia que la tierra había sido escogida para experimentar. Allí las almas rebeldes alcanzarían el grado de domesticación, y para ella era incómodo tener que alojarse en el abrigo humano para hacer, que el alma encarnada nombrada

Charlie, regresara sin mayor resistencia al camino de su misión.

Y a pesar de que en su libre albedrío él había quebrantado la ley, habiéndose tomado esa pieza de alicornio que recomendaban los sacerdotes del vudú para proteger y prolongar la vida, y de haberse aferrado a la riqueza de la tierra, la muerte había encontrado la forma de hacer que el rico Charlie, se tuviera que regresar donde le correspondiera, según las grabaciones que mostrara su alma una vez logrado su descenso.

El rico Charlie había lacerado el implante que controlaba su descenso para el regreso, y aunque había cumplido su estadía, aún así, la materia lo tenía subyugado, y la muerte tuvo que encarnar para presentarse en persona, a fin de persuadirlo de la necesidad de su regreso para evitar un dislocamiento galáctico.

La muerte sabia que el alma de Charlie, no cualificaba para un regreso de elevación en su propio cuerpo, como alguna vez lo hiciera Jesús el Cristo, y por lo mismo ella tendría que enfrentar y corregir las anomalías generadas por Charlie que había contribuido a que algunos tuvieran que descender o desencarnar a destiempo como un pago involuntario al error del rico Charlie.

Los humanos eran muy orgullosos y no todos tenían la condición para mirar de frente el rostro de la muerte.

El dinero de Charlie el rico no solo le atraía poderes terrenal sobre hombres y propiedades, muchas mujeres hermosas amaban su dinero con pasión, y aunque tuvo la oportunidad de formar familia, el juego de la carne lo tenía descarriado, nunca trabajó fuerte y lo que le tocó realizar como trabajo, simplemente consistió en amar e inventariar sus propiedades.

El era uno de los doce banqueros más opulentos de la tierra. Su vida transcurría de placeres en placeres y como todo hombre importante tenía un secretario personal que se encargaba de buscar las mujeres comisionadas a satisfacer sus necesidades sexuales y sus caprichos fantasiosos, todas las que salieron embarazadas y lo notificaron, el señor Gilbert, las invitaba a una fiesta casera, y en un trago selecto el médico de cabecera del rico Charlie, las llevaba al aborto.

De todas ellas, sólo Gioconda Albornoz, rubia como el sol y ojos azules como el mar, con una peripecia propia de las ejecutivas aristocráticas, pudo salvarse de esos atentados engorrosos, y fue porque su embarazo lo mantuvo en silencio, hasta el día que le tocaba dar a luz.

Desde la sala de parto le hizo una llamada directa a su teléfono celular y le dijo:

—Oye, Charlie Albornoz, ¿piensas dejarme sola al momento de darte un heredero?

Y Charlie el rico, boquiabierto sin saber qué hacer, ni qué decir, de inmediato comisionó al señor Gilbert, a fin de hacer los arreglos para resolver discretamente el inesperado percance.

Charlie el rico, como se había acordado, se dirigió a las afueras de la ciudad, donde lo esperaba la familia de Gioconda y un juez, que legalizaría su condición matrimonial, para evitar que la primogénita Ingrid Albornoz, naciera bastarda.

Quince años después, y a los setenta y cinco años de edad, rodeado de su esposa Gioconda Albornoz, su hija Ingrid, la cual había sido procreada a los sesenta, su médico de cabecera y el señor Gilbert, su secretario personal. Charlie el rico, seguía aferrado a la vida con todas sus posesiones.

De pronto se le escuchó decir:

—Déjame en paz, ¿por qué insistes en arruinarme la vida?

A lo que Gioconda con parsimoniosa tolerancia le respondió, creyendo que éste deliraba:

—¿Qué pasa amor? Soy yo, no estoy haciendo nada que pueda molestarte.

Entonces, Charlie el rico le replicó:

—No es contigo mi amor, quiero que sepas que desde que empezaste a trabajar conmigo, tú eres la razón de mi desvelo, y mucho más después que nació Ingrid, mi pedazo de sol.

—¿A quién te refieres? —insistió Gioconda.

—Estoy hablando con este impertinente con cuerpo de hombre y cara de cadáver —afirmó Charlie el rico.

—¿No será conmigo, jefe? —cuestionó Gilbert.

—Tampoco, para mí tú has sido como el hermano que no tuve, fiel y consentidor —expresó Charlie el rico.

—Por casualidad, ¿estarás hablando del doctor? —indagó el señor Gilbert de nuevo. Viendo como se tornaba el escenario el médico no esperó la respuesta, optando por escrutarlo personalmente.

—¿Yo… señor? —cuestionó el médico.

—De ninguna manera, tú has sido mi aliado en las buenas y en las malas, siempre presto a encontrarme la cura, me refiero a este ingrato y fastidioso elemento, feo y horroroso —dijo.

Fue entonces cuando unos y otros se miraron en silencio y percatándose que no había nadie más en la habitación, pensaron que Charlie el rico ciertamente estaba delirando, o había entrando en un peligroso estado de locura.

Sin embargo, Charlie el rico sabía lo que decía porque su estado catatónico le permitía ver a la muerte sin que los demás pudieran percibirla. En cambio, su hija Ingrid que observaba y escuchaba en silencio con los ojos humedecidos por las lágrimas, intervino:

—Papi, entonces, ¿seré yo?

Cuando Ingrid le habló, Charlie el rico que había estado recostado en la cama de la habitación privada de la clínica, se incorporó, estiró sus manos y arrastró hacia él la butaca corrediza donde permanecía sentada Ingrid y le dijo en una plegaria de consentimiento y con una energía propia de aquel que había regresado de ultratumba:

—Mi prenda, mi clavel, mi luz, mi niña, jamás podrás ser tú. Hasta ahora me percato de que ustedes no están viendo la causa de mi disputa, es un horroroso monstruo sardónico.

En ese momento llegaron a la habitación otros ricos que trataban de obtener la firma de Charlie respecto a las últimas deliberaciones tomada por la junta directiva del consorcio bancario en ausencia de él. Sorpresivamente en ese instante la muerte se hizo visible, y todos los que ocupaban la amplia habitación, se horrorizaron ante el aspecto de ella.

Fue como un celaje que se dejó ver. Pero ipso facto desapareció, si no hubieran visto lo acontecido hubieran pensado que el germen de la locura lo había atacado a todos, pero sucedió lo inesperado que consternó a los presentes. La muerte había dejado oír su voz, todos habían leído sobre la aparición del Cross Bronx, pero ninguno había visto lo que ahora percibían.

De todos modos seguían aterrorizados, no podían creer lo que estaban experimentando.

—Charlie, basta ya, de juegos, hace cinco años que me perteneces y tus maniobras fraudulentas te extendieron la existencia, quebrantando la armonía de la ley. Ahora vengo por ti —dijo y en seguida se sintió una brisa tan fuerte y fría que parecía una tormenta invernal, que inundó la habitación.

Un relámpago lumínico astilló en ráfaga las ventanas de la estancia, y una niebla grisácea se introdujo a la habitación por los cristales quebrados por el rayo, mientras los presentes experimentaban una temible sensación de terror.

La muerte se apoderó del alma de Charlie el rico, y como un cordón transparente la desprendió del cuerpo al tiempo que se alejaba con ella en una mano, sin que ninguno pudiera impedirlo. Cabalgaba por los aires en su bicicleta roja, al tiempo que se alejaba.

El cuerpo enjuto y vacío de Charlie el rico quedó postrado en la cama con una expresión de horror.

De todos los presentes, sólo el señor Gilbert se sobrepuso a los traumas debido a sus habilidades mesiánicas, los demás fueron sometidos a terapia por un período de tres meses.

Los afectados nunca dieron crédito a lo que contemplaron, y sólo contaron lo ocurrido al arzobispo de la catedral, quien encabezó un exorcismo en la habitación de la clínica donde se generó lo ocurrido.

El arzobispo en ocasiones anteriores había estado presente en algunas de las fiestas de Charlie el rico, por lo que a él no le resultó difícil entender el móvil de lo acontecido, incluso algunas veces se comentó que Charlie y él tenían una camaradería que los hacía cómplices, pero que por respeto a la sotana los comentarios quedaban tras bastidores.

Tres meses después, la mansión habitada por Charlie el rico, fue donada por la viuda a la iglesia, la cual fue usada para un convento. La fortuna de Charlie el rico quedó en manos de sus herederos universales, su esposa Gioconda Albornoz, su hija Ingrid, y su inseparable mano derecha, el señor Gilbert, quien más tarde se casó con Gioconda, la viuda de Charlie.

Después que las novicias habitaron la mansión que la viuda donó a la iglesia, se difundió una escandalosa información que puso a pensar al arzobispo, se dijo que el fantasma de Charlie el rico, vivía con todas las novicias, y éstas hacían conjuros tratando de alejarlo, sin éxito alguno. También se murmuraba que a Charlie el rico se le había visto arrastrar una cadena por las calles de la villa de Westchester, lo que indujo a la viuda a interesarse en saber qué había de cierto en esos rumores.

Fue entonces cuando el señor Gilbert le explicó sobre su condición de médium, y le dijo que aunque la muerte se había llevado a Charlie, éste había quedado atrapado en el plano astral. Por eso era posible que ciertamente él molestara a las novicias, y se manifestara como fantasma.

Entonces idearon sacar, y exhumar el cadáver. Luego las cenizas fueron disueltas en las aguas del pacífico. Esa noche el señor Gilbert soñó que Charlie cabalgaba en un caballo blanco y que movía las manos dándole el adiós de despedida.

Al despertar le comentó a Gioconda e Ingrid, lo que había soñado, y agregó:

—Ya no hay que preocuparse, Charlie sobrepasó el plano astral y acaba de entrar al plano sublime. Ahora descansará en paz.

Gioconda e Ingrid se aproximaron a él, y lo abrazaron. Desde entonces, jamás se vio deambular el espíritu de

Charlie el rico.

La Golfa de Jerome

Nueva York, como todas las grandes metrópolis, encierra sus atractivos y excitantes condados, y sus aberrantes suburbios, donde la historia del dolor humano, nunca se detiene.

Así, un verano de aquellos años mozos del siglo pasado, me encontré frecuentando un antro de perversión en los sures del Bronx, denominado en ese entonces "La casa de Tingo." En aquella casa de diversión, se bailaba, se tomaba, se jugaba billar, y no faltaron quienes hicieran otras tantas cosas al margen de la ley, porque así era el Nueva York de entonces.

Mi condición de recién llegado a la Metrópolis, con costumbre tercermundista, forjada a base de sermones clericales, me llevaban a rechazar todo lo que consideraba un atentado a la moral.

Así fue como me convertí en el hazme reír del lugar.

Al finalizar cada semana, la juventud del barrio y sectores aledaños nos citábamos allí. Todos pedían cervezas o licores, en cambio yo, me abastecía de gaseosas de naranjas o colas, y los chicos reían con mofa y sarcasmo, y no faltó un atrevido que moteara mi estatura, entonces empezaron a llamarme "Bebe zote."

Siempre me percaté de guardarme el enojo. Aquellos parroquianos eran gentes violentas y de muy pocos escrúpulos.

Pero, tal vez mis lectores estarán pensando: «¿Qué buscabas en ese lugar, si no era grata tu presencia?

Para que no se me mal interprete, permítanme aclararle que yo no llegué allí por mi propia cuenta.

A mí me llevaron. En ese entonces yo era huésped de Liza, mi anfitriona del barrio, que frecuentaba aquel lugar acompañada del Chico, un morenito de pequeña estatura, que solía confundirse con una noche oscura, y a quien sólo se le distinguían los dientes, cuando lograban desprenderle la carcajada de bailarín nocturno.

A Liza, le encantaba su compañía, a ella le gustaba bailar y tomar cerveza, y al Chico le encantaba pagarle la cuenta, y como yo era el huésped, tampoco aceptaban que pagara el consumo de mis gaseosas.

Mis problemas en la casa de Tingo, comenzaron la tercera semana de agosto, por allá cuando el verano mezclado con cerveza empezaba a calentarle la sangre, a los asiduos parroquianos del lugar.

Ese día amaneció viernes y el Chico se ausentó del barrio, por lo que en la noche no pudo acompañarnos. Fue entonces cuando tuve que presentarme al lugar con Liza, aferrada a mi brazo.

Desde que entré nos recibieron dos de los que siempre se mofaban con una carcajada chillona, sucia y malintencionada. Me *pesquisé* para verificar si algo anormal acontecía con mis prendas vestidas, pero no, entendí a tiempo que querían provocarme, volví a disimular como otras tantas veces.

Pero al pedir mi gaseosa, de los dos bergantes, uno que tenía los ojos verdes, la nariz de perico, y olor a zorrillo, se acercó y me dijo:

—¡Hola, Bebe zote! ¿Por qué no pides cervezas como los hombres, acaso no tienes dinero para pagar?

Por primera vez, en mucho tiempo experimenté la soberbia de la violencia, conté hasta diez en mi mente, y mi control fue mayor que las convulsiones de la adrenalina, pude, como me habían enseñado los libros de yoga, respirar honda y profundamente, hasta que recobré mi lucidez. Sin embargo, las palabras se me habían atragantado, sólo cuando bebí la cola de un solo sorbo, pude desahogarme en silencio.

Fue ahí, en ese instante en que la conocí, estaba sentada en una banqueta apoyada en el mostrador, la provocación llamó su atención, y me indagaba con su mirada. No puedo negar que mi sorpresa mayor fue descubrir su presencia, no podía concebir que una mujer de su clase y personalidad frecuentara ese lugar, ese antro denominado "Casa de Tingo."

Allí donde llegaban más gatos que palomas, como Ada deslumbrante estaba ella.

—No se deje provocar —me dijo.

La miré impresionado por su extraña belleza espiritual complementada por sus ojos azules, y un tono de voz tan melodioso, que por un instante me pareció una corneta del paraíso, le sostuve la mirada y le respondí como hechizado por la atinada sugerencia:

—Como usted diga, lo que usted diga, así se hará mi reina. Ella no pudo disimular su turbación, y el de la nariz de perico, que no nos perdía de vista, y que con gran empeño se esforzaba en escuchar nuestra conversación, volvió a su mesa junto al otro, con una carcajada que sobrepasaba la burla.

A partir de esa noche entre Anna, que así le llamaban y yo, se inicio una gran amistad y mientras Liza bailaba con sus otros amigos, yo bailaba con Anna.

En los días sucesivos continuamos viéndonos en "Casa de Tingo." Empecé a interesarme por su vida, y me mostraba en público con ella, como mi gran conquista. No podía negar que su belleza me tenía impresionado, sus rasgos ideales se conjugaban en su blancura ebúrnea, ojos de un azul mar que podrían hechizar, su pelo fino y rubio caucásico, dueña de un temperamento forjado por la comprensión del dolor y la paciencia de la resignación, indudablemente, su serenidad atraía felicidad.

Cuando Liza y el Chico, trataban de orientarme sobre ella, yo me sentía molesto, no quería que nadie me hablara en su contra, por eso me fui alejando de ellos, los esquivabas a tal grado que cuando ellos llegaban yo me iba. Hasta que un día se me ocurrió preguntarle a Anna a qué se dedicaba. Su respuesta fue cortante:

—Nunca te he preguntado, a qué te dedicas… ¿oh, sí?

—No —le respondí, con voz desconcertada.

—Entonces… no me preguntes —me advirtió.

Al mirarme, Anna notó una mueca aterrante en mi semblante y con una parsimoniosa acción de comprensión, trató de tranquilizarme:

—Lo siento, perdóname, me he portado como si no fuera yo, pero si tanto te interesa saber sobre mí, te diré que soy guía turística.

Su respuesta realmente me tranquilizó. Pensé que ella se dedicaba a un buen trabajo. Entonces le dije:

—¿Por qué tanto misterio para una respuesta simple?

Mi cuestionamiento la sorprendió y Anna comenzó a llorar y me abrazó. Sus ojos azules humedecidos parecían una playa azotada por las olas del mar.

—Júrame que nunca me abandonarás —me dijo.

—¿Por qué habría de hacerlo? —le respondí.

Volvió a abrazarme más fuerte, y su declaración me conmovió:

—Eres el único hombre a quien de veras amo, y he amado. Aquella confesión me engrandeció, besé su frente y ambos lados de sus mejillas, y brevemente me asaltó un pensamiento:

«Las gringas también aman.»

Entonces le dije:

—Y, ¿por qué si me amas rehúyes a que hagamos el amor, y la única vez que lo hicimos tuve usar tres condones al mismo tiempo y hasta para el sexo oral debo usarlo?

Antes de responderme, fue lentamente separando su cabeza de mi regazo, hasta quedar a una distancia donde pudiera mirarme a los ojos.

—Porque te amo —me reafirmó. No sé cómo, pero me atacó una breve risita de conejo, un poco burlona.

—No sé qué tratas de decirme —le dije.

Su llanto que sobrepasaba los leves ruidos del ambiente fue ahogado por los del tren #4, que se desplazaba velozmente y sin parada de arriba hacia abajo.

Recosté su cabeza en mi regazo y acaricié su pelo rubio y suave como un terciopelo. En silencio nos encaminamos a su coche, lo abordamos y cruzando por Fordham Road, hasta la calle 207. Buscamos la autopista oeste y nos dirigimos al bajo Manhattan. Recorrimos la calle catorce hasta encontrar el barrio chino. Allí me mostró una especie de restaurante denominado la "Pantera escondida." Sólo en ese momento se rompió el silencio que había perdurado en todo el recorrido.

—Mira ese lugar —me dijo—. Ahí comenzó mi desgracia, mi padre era francés y mi madre holandesa. Cuando mi padre murió, heredé una fortuna de la que no pude hacer uso hasta que cumplí los veinticinco años de edad. A los veinte me desesperé y abandoné a mi madre, también deserté de la escuela de danza clásica y me hice bailarina de salones. Ahí en la "Pantera escondida" inicié mi carrera. Trata de imaginarte el resto.

Y, fue fácil para mí adivinarlo porque para que lo entendiera me condujo a las instalaciones interiores, y sí, pude entender.

En aquel lugar se reunían las señoras y señores de la aristocracia neoyorquina, específicamente los blancos y los asiáticos. En el primer nivel del salón, se degustaban, comidas y bebidas de todos tipos. Más para el centro se levantaba un escenario con la más esplendorosa escenografía y unas baterías lumínicas que producían unos rayos que cambiaban los colores y facciones de los parroquianos, lo que indica que fácilmente podían confundirse unos con otros.

Para evitar extraviarse en un momento de descuido, los que iban acompañados usaban un grillete entre los brazos, que le permitía mantenerse juntos hasta abandonar el salón.

Aquel lugar era una pista de grandes estrellas para un público selecto. En los niveles posteriores habían habitaciones especiales reservadas para las orgías de los señores que frecuentaban ese lugar.

Hasta ese momento creí haber entendido lo que Anna pretendía comunicarme, pero no el misterio que encerraba el dramatismo de su intención. Sin embargo, me fui enterando paso por paso.

Entendí que se sentía hastiada de los lujos, el dinero, el poder, pero todavía no estaba claro en el por qué siendo heredera de una gran fortuna, se había ido a vivir a los altos del Bronx, por los alrededores de Jerome, a nivel de dejarse ver rodeada de las mujerzuelas que transitaban esa calle, de tan mala reputación para ese entonces. Fue tanto lo que se exhibió en esa calle, que dio pie a que "las malas lenguas" de los que frecuentaban por allí, la denominaran como "La golfa de Jerome."

Cuando me enteré de que "La golfa de Jerome" era una mujer tan bella y maravillosa que detenía el tránsito y a quienes los choferes le hacían propuestas que ella nunca aceptó, a quienes las mujerzuelas que la creían su competencia, llegaron a odiar a muerte porque cuando ella salía a la calle, aquellas mujeres asumían una supuesta pérdida de trabajo, porque suponían que todos los que se fijaban en aquella, no la miraban a ellas.

Yo sentía curiosidad, estaba interesado en conocerla, quería saber quién era y un día decidí hablarle a Anna, sobre el tema. Su respuesta franca y sin rodeo me provocó un descalabro propio de los que generan sorpresas.

Todo aconteció un lunes en horas de la tarde cuando Anna me visitó en la casa de Liza.

—¿Me dices que quieres saber quién es La golfa de Jerome?

—me cuestionó.

—Si te dijera que soy yo, ¿qué harías? —me interrogó.

La miré con cierta duda y le dije:

—Anna, sé que las americanas son muy abiertas, muy liberales, pero por favor dulzura, si tú no quieres que me muera no bromees de ese modo.

—Mi corazón, voy a dar una fiesta el sábado en la tarde, en el salón de la comunidad. Quiero que estés allá para que entiendas. Por lo pronto quiero que confíes en mí. No puedo explicarte más nada.

Me besó se dirigió a la puerta y al salir, me guiñó un ojo con un gesto de complicidad.

En el transcurso de la semana nos hablamos por teléfono, le pedí que me permitiera ayudarla en lo que yo pudiera, pero me dijo que no quería verme antes del sábado, debido a que ese día en la fiesta habría una sorpresa, y vaya sorpresa la que me llevé.

Al entrar al salón, lo encontré inundado de drogadictos de ambos sexos, mientras a un lado un equipo médico suministraba asistencia a los enfermos, al otro lado tras un mostrador se donaban paquetes de ropas nuevas a los invitados necesitados.

Liza y el Chico me acompañaron, y aunque no eran adictos, no desaprovecharon la oportunidad de hacerse de sendos paquetes de las ropas que donaban.

Anna no había bajado de su apartamento contiguo al lugar, pero ya todo el evento había quedado con un gran toque de organización.

Los que no habían ido bien vestido, de una vez entraban al vestidor y se cambiaban las ropas.

En el otro extremo del lado derecho del local estaban las mesas donde todos los cansados y hambrientos eran servidos de perros calientes con pan, moro de gandules con chuleta y todas las variedades de refrescos. Al centro estaba la pista de baile y en una cabina improvisada el "disc jockey" esperando el turno para tocar la música y animar el evento:

—¡Ay Dios! —exclamé en voz alta.

Mi sorpresa mayor fue cuando en el proceso de observación, percibí que en el grupo de invitados, se habían infiltrado dos bergantes de "Casa de Tingo." Uno de ellos me hacía señas para que acudiera donde él estaba, en los alrededores del baño, pero quien me convidaba en esa ocasión. No era el de la nariz como el pico de un loro, sino el otro a quien le llamaban "Mike."

Para no alargarles la historia, debo decirle que si no hubiera sido por Anna, que llegó justo cuando los muy bergantes trataban de salirse con la de ellos, peor hubiera sido para mí, pues cuando me acerqué al "Mike" que me estuvo llamando con insistencia, me sorprendió el de la nariz de pico de cotorra, introduciéndome bruscamente al baño de los hombres, mientras el "Mike" y otros bloqueaban la puerta para que nadie entrara, el de la nariz de pico de cotorra y dos más, quisieron obligarme a consumir "cocaína."

Primero, quisieron persuadirme por las buenas y después quisieron enviciarme a golpes, y podría decir que la entrada de Anna, fue como salvarme por la campana. En su entrada triunfar, cuando ella miró y no me vio, ipso facto preguntó al Chico por mí, quien también miró al lado donde estaba "Mike, y al no verme supuso que algo extrañamente raro estaba aconteciendo y quiso entrar al baño. Pero no se lo permitieron.

Cuando Anna se percató de quienes estaban detrás de la ridícula anarquía alertó a la seguridad del lugar, los cuales a la vez alertaron a unos policías encubiertos que en el mismo momento esposaron a "Mike" y sus camarillas, adentrándose al interior del baño y haciendo lo mismo con el que tenía la nariz de pico de cotorra y a los que me sostenían, logrando a tiempo rescatarme ileso.

Anna se encaminó a donde me encontraba, me pidió perdón, y luego me contó que estaba tratando de humanamente ayudar a la comunidad creando un proyecto de asistencia y consejería para rehabilitar a los drogadictos, también me dijo una vez más que me amaba como hombre y como prójimo, y por ello se negó siempre a exponerme, ella era H I V positiva. Era portadora del "virus de inmunodeficiencia adquirida (SIDA), del cual se había enterado unos años después. Precisamente, en los días en que me conoció en la "Casa de Tingo."

Con lágrimas que parecían sangre, exclamó:

—Fue lo que saqué de mi rebeldía, ¿entiendes ahora por qué te llevé a la "Pantera escondida"?

Después de un breve silencio que más bien parecía una eternidad, agregó:

—Allí comenzó mi desgracia en un invierno frío, donde un grupo de hombres y mujeres, hastiados de lo tradicional, quisimos recrear la sodomía a través de una orgía, desafiando la bondad de Dios. ¿Mi desgracia?… fue el contagio de la enfermedad, mi premio, el arrepentimiento a tiempo; por eso trato de dar todo lo que puedo de mí, y hacer de todos los sacrificios, la liberación espiritual en el esplendor de mi conciencia —me dijo, con un dejo de tristeza.

Yo, no pude seguir escuchándola porque en ese momento era yo quien lloraba.

Con desesperación la tomé de las manos, la apreté con fuerza y sintiendo que una parte de mí se corroía en la profundidad de mi alma, le dije:

—Lo siento querida, lo siento mucho —mientras desplegaba los brazos de ellas como las alas de una golondrina. Hice espacio para refugiarme en ellos.

Ciertamente la abracé con la más tierna pasión que surgía del corazón. Después de ahogarnos en un llanto mutuo, nos embargó un silencio común. Entre suspiros, ternura y dolor, ella rompió el silencio y dijo:

—Puedes hacer tu vida por otro lado, pero por favor, si no es mucho pedir, no me abandones. De algún modo Dios compensará tu sacrificio —me afirmó.

—No te preocupes, cuenta conmigo, yo estaré a tu lado —le afirmé, como una pauta consoladora.

Por más de cinco años me mantuve comunicado con ella, hasta llegado el tiempo en que la beldad de Jerome, aquella hermosura que detuvo el tránsito y trastornó las aspiraciones románticas de los transeúntes y conductores de los lugares donde hacía sus apariciones, se había convertido en el espectro de una calavera.

Aún en ese estado, no le faltaron fuerzas para hacer lo que había considerado su deber.

Su madre también había descendido, y Anna se había trasladado a la residencia familiar.

Un miércoles 22 de junio me hizo una llamada telefónica donde me pedía que fuera a verla que necesitaba hablarme, pero como ella sabía que siempre me hacía acompañar del Chico y Liza, me pidió que fuera solo. Y así lo hice.

Su aspecto no estaba de lo mejor, su belleza física se había deteriorado, y cualquiera que ignorara su belleza interna podía aterrorizarse de su aspecto físico.

En el momento que llegué fue informada por la servidumbre de mi presencia. Estaba acompañada del abogado de la familia, algunos miembros de la prensa que quisieron fotografiarla a mi lado y esperaban ser introducidos donde ella, y otros familiares que departían con los visitantes.

En el momento en que llegué, estaba en su recámara reunida con el abogado, quien había incorporando unas clausulas nuevas al testamento, y había ido a dejarle la copia original.

Fui llevado donde ella, después de saludarme e introducirme con el abogado, extendió un papel, diciéndome:

—Esta es una copia del testamento, quiero que la guarde por si algo inesperado sucediera —expuso como adelantándose a cualquier sorpresa de la naturaleza.

El abogado me sonrió con cierta camaradería. Luego pidió que entraran los periodistas, quienes nos tomaron fotografías. Allí estaba yo, al lado de ella.

Poco después ella pidió que la dejaran sola. Quería hablar conmigo, y todos en estampida se alejaron. Ciertamente nuestra conversación resultó edificante.

Hablamos del amor, y de la vida, reímos, filosofamos y me expresó la gran paz que encerraba su alma. Me dijo que estaba feliz porque había despertado y en ese momento pudo descubrir y valorar al Dios de su ser. También me expresó sentirse agradecida por mi bondad de permanecer con ella a pesar de no poder sexualizar la relación. Pero lo que más me conmovió fue cuando me dijo:

—Bebé, tu amor me ha prolongado la vida. Gracias por tolerarme. Es una lástima que ahora tengamos que separarnos. De todos modos, lo que sea, será para bien —externó.

Cuando miré el reloj eran las siete de la noche. Ella quiso que amaneciera en la casa, pero me excusé porque al otro día tendría un encuentro con una visita internacional.

Después de despedirme, guié lentamente de Long Island al Bronx, algo estaba pasando porque me sentía triste sin conocer la causa.

Dos días después que estuve donde Anna, descubrí la causa de mi preocupación. Era un viernes 24 de junio, donde los primeros rayos del sol penetraron mi ventana. Ese día me incorporé a las ocho, aún no estaba tarde. Me duché y salí a la calle. Por impulso compré el periódico, pero al leer una punzada en lo profundo del corazón descubrió la causa del dolor.

La prensa había reseñado en primera página con mi fotografía y la de Anna: "Se suicidó la golfa de Jerome, dejando su fortuna a los desamparados y a un amante a quien nunca se entregó."

Por un momento sentí que mi cuerpo se desplomaba. Yo la amaba en silencio, y aunque mi relación carnal nunca sobrepasó el condón, ella me despertó el amor, y aunque cabalgué en su montura como los gallos cuando van al palenque, nunca antes había entendido el misterio que adornó la ceremonia de aquel encuentro. Sin embargo, no he podido olvidar como labré fortuna en el país de las barbaridades. Perdón, quise decir, de las "oportunidades."

La Balanza del Juez Parker

Un pasquín anónimo envuelto en una piedra ondeo los aires hasta quebrar el cristal de una de las ventanas de la residencia del juez Parker.

El mensaje contenido en aquel anónimo, destacaba en unas mayúsculas negritas, un párrafo que decía:

> "Querido juez Parker, por mucho tiempo le hemos suministrado gratuitamente el poder de su fuerza, no olvide que usted es un consumidor consagrado y que si yerra en la sentencia del 'Alacrán', no solamente le retiraremos la ración de su consumo, sino que bien podríamos hacer pública su condición moral, y apoderarnos de sus dos hijas. Atentamente, la mano oculta del crimen."
>
> El juez Parker no sabía qué hacer. Luchaba con un enemigo desconocido, que ahora recurría abiertamente al chantaje.
>
> Al otro día sería viernes. No un viernes cualquiera, porque era el día en que él dictaría sentencia contra el capo más grande de la región nordestina. La población se había hartado de los crímenes del narcotráfico y de la corrupción de la "justicia."

Nunca condenaban a los culpables, sino que frecuentemente recurrían a sentenciar un chivo expiatorio que nada tenía que ver con la acusación.

La "justicia" se había vuelto injusticia y las cárceles un negocio contra los sectores minoritarios a favor de los jueces y los funcionarios de las "facilidades correccionales."

Aquellos que carecían de dinero para pagar su defensa, muy pocas veces resultaban inocentes. Regularmente carecían de razón para ser pulcro y ser encontrado libre de culpa. Jueces, esbirros y leguleyos de oficio, regularmente eran pagados para justificar la culpabilidad de pobres inocentes.

La población se había hastiado de tanta corrupción, y con la caída del "Alacrán" habían decidido seguir de cerca el proceso.

El juez Parker estaba en una encrucijada, realmente no sabía qué hacer. Desde muy joven fue un consumidor tenaz de la cocaína, y aunque nunca se había intoxicado descontroladamente, había creado una adicción moderada. Sin embargo, siempre que iba a dictar sentencia se impregnaba de valor inhalando el diabólico polvo blanco.

La desgracia de Grácil Parker comenzó a sus veinte años cuando su hermano consentido Karl Parker lo invitó a una "fiesta loca", donde asistieron siete mujeres y cinco hombres, todos jóvenes estudiantes de escuela superior, donde cada uno tomaba la que le quedara al alcance de sus manos. Iniciaron su selección con un juego latino propuesto por Mireya, una hispana de origen puertorriqueño, la cual en su propuesta planteó:

—Siendo nosotras siete mujeres y ustedes cinco hombres, yo propongo que rifemos girando la botella, a cuales de ustedes les tocarán las dos mujeres sobrantes —dijo, con un aire de alta deliberación.

—Yo no aspiro a compartir la miseria que me toque — enfatizo la afroamericana Erika, con un espíritu de desacuerdo.

Ante este ambiente de desacuerdo y contradicción, Grácil Parker el mayor de todos los presentes con tendencia a hacer justicia, intervino y pidió a Mireya una explicación sobre el juego de la botella.

Sintiéndose motivada por el cuestionamiento, Mireya consumió de un sorbo el último trago que quedaba en la botella de cerveza que degustaba, y en la amplia sala de estar, dio vueltas a la botella, que a seguida quedó con la boca de frente indicando a Grácil Parker. Siendo seleccionado por Mireya, quien tomándolo del brazo le dijo:

—Tú eres el mío —expresó mientras era objetada por la anglo "Anyi" que ipso facto le especificó:

—Un momento, querida. No pretenderás llevártelo todavía. Somos siete y ellos son cinco. El aún debe permanecer aquí hasta que termine la rifa —concluyó.

Ante aquella atinada reflexión, todos quedaron en silencio, mientras asentían con la cabeza. Siguieron dando vuelta a la botella hasta concluir la rifa, y resultó que los hermanos Parker resultaron agraciados, correspondiéndoles a ambos de a dos: Mireya y Anyi para Grácil Parker, y Erika y Chine para Karl. Fue entonces cuando el consentido de los

Parker en ese entonces el joven Karl, sustrajo desde su ropa interior cuatro sobrecitos de polvo blanco, y como si celebraran un ritual indígena denominado " pipa de la paz", fueron absorbiendo la cocaína por sus fosas nasales.

Karl fue el primero en aspirar y mientras extendía el sobre a Grácil, dijo:

—Es el extracto de la resistencia, date un toque, si no quieres que ese par de fieras te desacrediten en la escuela. " Huélete eso antes de joderlas" —dijo poseído por un ímpetu de soberbia.

Ese día inició Grácil Parker la peregrinación en su vida. Justamente el último día de examen de la escuela superior, comenzó su calvario, seguido dos años después del trágico asesinato de su hermano Karl Parker, quien había sido abatido por las fuerzas policiales, en un no muy claro incidente donde los uniformados alegaban que lo habían mandado a parar y él respondió introduciendo las manos en el bolsillo.

Ellos creyeron que Karl Parker estaba empuñando un arma que supuestamente podía tener en su chaqueta. Sin embargo, en la pesquisa no se encontró ningún arma que corroborara las alegaciones de la policía, pero sí, habían localizado en uno de sus bolsillos, un gramo de cocaína.

Los Parker, personas influyentes, pidieron justicia, pero por la naturaleza del crimen los gendarmes salieron absueltos. Fue entonces cuando Grácil Parker se animó a licenciarse en criminología. Por influencia de familiares alcanzó la posición de juez. No obstante, continuaba siendo prisionero del consumo de cocaína, en cantidades limitadas, pero siempre prisionero.

Así se vio de pronto relacionado con los facinerosos, quienes financiaron su vicio a los niveles agravados de acorralarlo y conducirlo a la pésima inquietud que experimentaba.

En sus años universitarios él siguió frecuentando a Anyi y a Mireya, hasta que Mireya se fue a Francia y no volvió a saber de ella. Entonces decidió contraer matrimonio con Anyi. Con ella procreó dos hermosas hijas, que por cierto resultaron ser gemelas, Pili Y Mili, las que para ese entonces experimentaban las aventuras propias de las chicas de su edad, veinticinco años de hermosas vivencias, salvo por un pequeño inconveniente que sumió la casa de los Parker en un triste dilema .

Al cumplir los veintitrés años de edad, habían perdido a su madre Anyi Robert, cuya pérdida no sólo había agravado el estado de Grácil Parker, que desde entonces había estado asediado por una terrible depresión, lo que indujo a las gemelas a permanecer al lado de su padre viudo y para ellas "respetable", el cual a los ojos de sus hijas, no escatimaba esfuerzo en mostrarse como un juez pulcro, desprendido de vicios y malestares, y sus cincuenta y cinco años, a sus más de medio siglo, nadie pensaría que el magnate paladín de la "justicia" andaría atado de pies y manos por los perversos del bajo mundo.

Había soportado las pruebas de la vida con la más feroz valentía, pero al morir Anyi, sintió que perdió un pedazo de él. Tomó unas vacaciones y se encerró agriado y cabizbajo, corroído por la pena y con deseo de retirarse.

Anyi en vida lo amó con locura y el supo corroborar ese amor. El rindió honor a su viudez bajo el consuelo del recuerdo orgiástico que había determinado al azahar, una botella girada por Mireya.

Cuando se sumía en esos recuerdos, sus ojos se inundaban de lágrimas como un torrentoso manantial, y tuvo momentos en que no supo determinar cuál de las dos, trazó las pautas de su destino.

Quizás por amor a estas dos mujeres, que de manera accidental se envolvieron en su vida, decidió honrar su viudez, dejando sin madrastra a las gemelas Pili y Mili, habían sido educadas por una institutriz inglesa que para tal fin, había contratado no sin antes ser *pesquisada,* y recomendada por un pariente de la difunta Anyi, que la había considerado la mejor candidata, porque había sido institutriz de un príncipe inglés.

Miss Carina experimentó desde el primer momento por Grácil Parker, lo que bien podría llamarse amor platónico, y aunque ella tampoco le fue indiferente, el juez Parker, por respeto a las gemelas y a la memoria de su extinta Anyi, optó por no involucrarse en otra relación romántica con Miss Carina.

Miss Carina, había sido contratada por quince años justamente unos meses después de la muerte de Anyi, cuando las gemelas tenían diez años de edad, y Miss Carina veinte y dos, a los treinta y siete, quince años después, al fracasar en su intento matrimonial con Grácil Parker, regresó a Inglaterra, donde murió tres años después.

Grácil Parker a lo largo de su existencia había atravesado por una serie de dificultades que incidieron que viviera en un proceso de acciones irreflexivas. Unos años después de la muerte de Karl, su único hermano, también desaparecieron sus padres, uno detrás de otro, lo que lo llevó a heredar una fortuna que incidió para que éste mantuviera la posición y el respeto que ostentaba.

De hecho, Anyi había sido su más fuerte apoyo en aquellas terribles vicisitudes, pero al morir ella, también él sintió deseo de morir.

Dejó de importarle su propia vida, todo esto lo motivó a aceptar un primer regalo de Gary, uno de esos amigos de adolescencia que se había recibido de abogado y que mucho antes de graduarse, empezó a trabajar en el lavado de dólares, al servicio de una compañía de dudosa reputación denominada "Continental Money", cuyo principal accionista era un empresario de nombre George Apoleño (alias El alacrán) y que por desgracia tenía varios años bajo investigación del gobierno federal.

Justamente un año después que Pili y Mili viajaron a cursar estudios universitarios a Inglaterra, George Apoleño, cayó en manos de las autoridades, resultando por esas circunstancias del destino, Grácil Parker el juez asignado a su causa. Había suficiente evidencia que incriminaban cada vez más al acusado a una sentencia centenaria.

De ahí en adelante se agravaron las presiones al juez Parker, quien ignorando la relación de los regalos recibidos, con el prisionero federal, había empezado a hacer conciencia de la gravedad de su problema.

Las manos ocultas del crimen, habían empezado a presionarlo a fin de que fallara a favor del capo empresarial amenazándolo con localizar y secuestrar a sus gemelas Pili y Mili.

La noche anterior a la sentencia, el juez Parker, no pudo conciliar el sueño pensando cómo resolvería atinadamente, un caso que tenía de frente a la opinión pública, al gobierno federal y por otro lado en el centro como eje de la balanza que habría de inclinarse, para sacrificar a alguien, a las mafias del narco tráfico, que aguardaba su accionar como juez, para su represalia.

Entonces pensando en voz alta, se dijo: —Cómo me hubiera gustado tener una vida menos tensa —expresó reflexivamente.

La envidia es una enfermedad propia de los mediocres, que a pesar del afán de perfeccionamiento, los hombres bajos aún, no logran controlarla, dejando entender que los malvados son victimarios con espíritus vulgares.

En cambio la vergüenza, es como una hermosa mujer deteriorada por el tiempo, tras la soledad que guarda en lo profundo la hazaña de la maldad. Y hoy quiero manifestar lo que me causa disgusto, hoy me autodefiniré entre la maldad y el bien, entre la sinceridad y la hipocresía, entre el miedo y el coraje, se me ha frizado la sangre deambulando en el invierno frío, persiguiendo el camino de una vida sangrada en el vicio horripilante.

Hoy me brota la sangre caliente y la siento saltarme a los hombros, hoy veo reaparecer el escombro de la esperanza perdida, y aún así, el amargo sabor de mi boca, no me deja tragar la saliva.

Me siento prisionero de mi carne, necesito valor y calidad moral para dictar sentencia. No puedo vivir bajo mi propio engaño, por causa de mi espíritu redefino mi error. Expresó Parker, sus actos con la voz tintineante y temblorosa.

Descubrió que voceaba, su residencia estaba medio alumbrada, y por los grandes espacios que separaban a las viviendas, no podía ser escuchado por los vecinos.

Esa noche no usó cocaína, y se tocó con un whisky importado. Revisó la pistola 45 y antes de dispararla dijo:

—Mañana no tendré voz para dictar sentencia. La introdujo en su boca, y un disparo estridente fulminó su laringe.

Un relámpago rasgó los cielos y una voz se expresó:

—Y, fue así como me convencí que a mayor dolor terrenal, más alegría celestial.

El juez Parker había dictado sentencia, antes de morir había escrito una carta a su secretario, firmada y sellada que decía: "El alacrán merece la pena de muerte, pero lo sentencio a 50 años de prisión, si algo le adeudo a la sociedad, le pago con la sentencia y mi muerte."

Ese día cuando la servidumbre se presentó a la vivienda, lo encontraron en su inexplicable descanso, dieron parte a las autoridades y antes de media hora su residencia había sido inundada por gendarmes. Afuera, seguía lloviendo a cántaros.

EL RUEGO DEL PEREGRINO

Erase una vez y un tiempo después, en que los vagabundos y los poetas solían ejercer el oficio de nómadas, y como tal, con frecuencia solían encontrarse en el camino. Para ese entonces, sin pretender ofenderlos, era una moda ser poeta y yo perseguía la musa en el camino. Así fue como en esa ocasión conocí al peregrino. Aquél era algo enjuto y barbudo y llevaba una pequeña bolsa de tela amarrada de un palo, que más bien parecía un garrote.

No voy a negarles que aquel hombrecillo con aire de don Juan y fachada de palero despertó en mí tal suspicacia, que fue menester adelantarme en una franca y abierta presentación:

—Soy poeta y nada material para saciar su hambre, traigo conmigo —le dije.

Ante aquella expresión el peregrino se desconcertó y en medio del camino iluminado por la luna, de rodillas rogó:

—Señor, te pido de rodillas que tu no me abandones, que guíes mis pasos, que me lleves en tus brazos, que me protejas con la coraza de tu cuerpo, también te pido que otorgues el sustento a este vividor de ilusiones que creyendo que yo lo iba a multar con una limosna, viéndome como a un cura se me adelantó a confesarme sus necesidades, gracias señor Dios de mi ser por escucharme, y por inducir al Dios de su ser a suplirlo. Si me faltaras tú, señor, sería muy sufrido. Yo lo sé porque tú me diste el don de aprenderlo, cuando los golpes que no puedo evadir me alcanzan, el dolor es leve porque tú me proteges. Señor, nunca me abandones, llévame en tus brazos siempre y más aún cuando tú, poderoso señor, estés presintiendo que mis piernas flaquean, que tiembla mi voz y mi corazón late con dolor.

Ante aquel abnegado discurso salpicado de fe, al lado de aquel hombre me arrodillé y cargado de empeño mi atención concentré en la profundidad de su analítica expresión, las cuales me movieron a auto-cuestionarme: ¿«es poeta o peregrino»?

Buscando encontrar la respuesta en sus propias palabras, guardé silencio y seguí escuchando:

—Para reforestar mi amor es necesario agrietar el vientre de mis orígenes y plantar la semilla que germine la esperanza, para que mi tierra fértil deje brotar el fruto preferido por mi pueblo.

Seguí escuchando, más sorprendido aun cuando su voz expresó:

—Ni latifundio ni desierto, la preñez de la tierra traerá el alimento para todos. Es el medio más seguro para que se erradique la pobreza, para que nunca crezca la maleza, para que se desprenda la violencia. La verdadera paz es igualdad, es una forma de libertad, ¡señor! —gritó con coraje el peregrino, batiéndose el pecho—. Si mi vientre te sirve para guardar la enzima de la felicidad, yo te ofrezco mi vientre, no más hambre, no más injusticias, yo engendraré la paz.

Al concluir aquel discurso de fe a la luz de la luna, desde la lejanía otra voz se escuchó y con ternura y armonía al peregrino respondió:

—Hijo mío, desde el primer momento te he estado escuchando, la paz es libertad, libertad es solidaridad, solidaridad es socorro, yo coincido contigo —externó la voz.

Con cierta insistencia busqué de dónde provenía la articulación, en la medida que se profundizó la conversación, se hizo visible un anciano de aspecto tierno y sencillo y agregó:

—Socorrer es agradar a Dios, y agradar a Dios es dar para recibir —suspiró y enarboló y continuó—. Eres causa y efecto de la naturaleza viva de una existencia pura, eres la paz y la riqueza que persigue en tus actos, eres tu auto salvación fundamentada en la gloria del padre.

El peregrino cabizbajo, respondió al anciano cuestionando:

—Si soy mi propia salvación inspirada en la pureza de mis actos, ¿qué debo hacer para reforestar mi amor por ti?

El anciano lo miro quedamente, lo tomó de las manos, lo levantó y lo condujo a un camino de cruces.

Yo lleno de impresión fui siguiendo sus pasos, y vi que el primero de los dos caminos llevaba a donde estaba el pueblo sufrido que moría de hambre y amarguras, era lo que se percibía desde la óptica de la contemplación del aspecto del camino, el otro sendero conducía a donde estaban los señores de la excelsa opulencia. Entonces le expresó con su voz:

—Libertad es elegir, tienes el libre albedrío, has de escoger el camino donde habrá de plantar el árbol que producirá el fruto que prefiere tu pueblo.

El peregrino se iluminó de sabiduría y al escoger el primer camino, llegó a un lugar donde los habitantes cultivaban la tierra, compartían los frutos y se amaban con cariño profundo y misterioso, porque superaban la manera de amar de los humanos. Allí reían, corrían, saltaban y parecían, o mejor dicho: eran felices.

En el otro lugar a donde conducía el segundo camino se experimentaba lo contrario aunque estaban cargado de opulencia, eran soberbios, de espíritu quebrantado y en asidua intranquilidad de conciencia.

Los hombres careciendo de tiempo olvidaron cultivar el espíritu, los celos de intereses y la ambición, pobló sus corazones, hasta que la violencia, la envidia, y la traición los condujo a la destrucción, y aquellos que habitaron ese lugar a donde conducía el segundo camino, perecieron en un fuego que erradicó todo vestigio de existencia.

En cambio, en el primer lugar donde se respiraba un aire de eterna paz, fue creciendo una frondosa arboleda desde donde espigaban gladiolos y claveles, en fin todo género de flores.

Allí nadie era rico ni pobre, toda la riqueza natural aparecía como saciante abundancia para todos. Los hombres que poblaban aquel lugar habían olvidado la lucha de clase.

Era una sola raza con múltiples colores, no conocían el odio ni la envidia, pero eran conscientes de que el lugar que habitaban era un hermoso y radiante jardín, nunca antes visto por los humanos, donde no corría el tiempo y donde los hombres se veían confiados y serenos.

Un sol resplandeciente inundaba las abundantes, puras y cristalinas aguas que circundaban el vergel extensamente cultivado de sabrosos frutos comestibles, y adornado de un verdor que armonizaba las pupilas y recreaba el deleite espiritual.

El peregrino se sentía impresionado, tanto que pellizcó su piel para verificar que no estaba soñando, mayor fue su sorpresa cuando se percató que no existía el dolor, pensó en la lepra y en el susto, y al pensar vio la lepra en su piel y sintió susto en el corazón.

Reprogramó el pensamiento y descubrió que el cerebro era como una máquina de milagros porque pensó que no temía y que era saludable y se ausentó el temor. Se vio saludable, perdió la ambición y mientras más se esforzaba en sufrir, mayor se hacía su felicidad. También, él pudo descubrir que quienes se aproximaban a él, besaban sanamente su mejilla y le llamaban hermano.

Ensimismado siguió caminando y vio que de un arroyuelo saltó un pez que besaba a un niño. Se rebozó de emoción el peregrino y hablando con el aire se expresó en alta voz:

—Señor Dios de mi ser, qué impresión en mi alma guarda mi corazón, es tanta la emoción que aún me estoy sintiendo pletórico de amor, ¡qué hermoso y que glorioso es el lugar que toco!

Ante aquella expresión, una vez más un resplandor de luz se percibió y aquel viejecito se apareció e ipso facto dulcemente le comentó:

—Hijo, todo lo que existe y percibes es la manifestación del padre a través de tu voluntad divina, aquí todo es de todos.

El viejo desapareció, pero el rayo de luz se incrementó, y fue inundando el jardín. El peregrino cayó de rodillas con los brazos abiertos y se pronunció:

—Gracias señor Dios de mi ser, por tu comprensión. Me siento liberado, puedo seguir andando, sé que dirige mis pasos.

En ese momento apareció una hermosa doncella que besando su mejilla lo condujo del brazo diciéndole en silencio:

—Hermano, tus habitaciones están preparadas.

Tras la presencia de la beldad, impresionado por la paz, corrí tras ellos, que notando mi prisa se detuvieron. Dándome una sonrisa me advirtieron:

—Un mandamiento nuevo, no hay presión para el pueblo. Bienvenido al nuevo mundo.

Me abrazó, y la luz se intensificó.

La Hija del Enemigo

Apareció en el pueblo muchos años después de sus andanzas. No recuerdo como se la ingenió para hacerse alojar por doña Fanny, quien murió un año después de su llegada.

La presencia de aquella mujer había revolucionado la memoria de los habitantes de la población, y muchas cosas inusuales comenzaron a suceder. Para ese entonces, Chavelita había cumplido quince años, y yo, dieciséis. Ella era bella, buena y muy querida de todos, hasta que murió su madre, y la gente reaccionó en su contra, moteándola, y llamándola con soberbia, "la hija del enemigo."

En tiempo sucesivo, no siempre se la veía en las calles, comenzando la gente a extrañarla, y forjando un mito sobre su existencia. A tal grado de verse obsesionada y pensando que ella poseía unos poderes extraños. Yo nunca creí que Chavelita fuera mala. Para mí siempre fue la niña bella y cortés que al saludarme esquivaba mi mirada.

En cambio, las viejas del pueblo, y específicamente doña Domitila, la esposa del zapatero, habían empezado a murmurar, y todo lo malo que provocaba la "*clarividente*", que así empezaron a llamarle en el pueblo a la que sí parecía una discípula de Lucifer, que jactanciosa hacia cosas que por la ceguera de la ignorancia, atribuían a Chavelita.

Yo no entendía por qué, yo la veía distinta a como la veían los demás. Pero algo raro sucedía. Era como un encanto que usaba la señora que habitaba en su casa, poseedora de un extraño poder, para que todo lo inaceptable por la conciencia social, siguiera amargamente a Chavelita. Así fue como todos en el barrio sintieron repudiarla, menos yo, y asi yo la admiraba.

Se levantó un rumor de que durante su niñez la Chavelita se vio al borde de la expiración, que había nacido bella y graciosa para desgracia de los que la amaran, y decían que su madre murió porque había pactado con Luzbel, y que al cumplirse el período de deuda se había negado a dar a Chavelita, que era lo que él quería.

En lo adelante, una cadena de acusaciones falsas corrieron en el barrio. Dijeron que Chavelita cuando Fanny murió había perdido el habla y las destrezas de sus gestos.

De ahí en adelante, se fueron agravando sus problemas hasta quedar esclava de Donosa, quien llegó a acompañarla como huésped, y con magia y malabares intercambió el karma positivo y bondadoso de Chavelita, imponiéndole un karma negativo y doloroso, fue como se produjo la gran dificultad, confundiendo la imagen de Donosa con la de Chavelita, apodándola como ya le había dicho: "la hija del enemigo", hasta que alguna vez descubrieran la verdad.

El mito se basaba en que unos años antes, cuando se sintió terriblemente doblegada por fuerzas de la oscuridad, ciertamente había perdido el habla, cerrando su garganta sin poder tragar nada, pasando una semana entera sin comer, silenciosa, con la mirada sibía, perdida en el vacío y sobre un objetivo que sólo ella percibía, y Donosa, llena de envidia y confusión. Trató de exorcizarla para el bien y le incrementó el mal.

El caso es que decían que aquella conversaba en silencio con una serpiente. Que si no hubiera sido por las tres cabezas que la clarividente narraba que tenía, bien podría entenderse que era una especie de dragón. Precisamente porque en los alrededores de la habitación que la Chavelita ocupaba se percibía un olor fétido y un calor que muy pocas carderas encendidas producían. Sin embargo, ninguno de los presentes podíamos soportarlo, sólo la Chavelita y la "Clarividente".

La señora Donosa, había nacido pitonisa y lo ejercía como oficio, y en su afán de extraer la posesión maligna del "espíritu malo" que estaba poseyendo el cuerpecito hermoso de Chabela, se habían tornado misteriosas y sólo ellas, con sus cuerpos forrados de misterios se habían fortalecido para la resistencia de aquel fogón ardiente.

Los habitantes de la vecindad andaban preocupados por la intranquilidad causada en el sector. Muchos meses pasaron sin dormir porque en las noches de lunas llenas se escuchaban sonidos sobre las cobijas de las casas, dando pie a la imaginación, para que se esparcieran anécdotas inventadas.

A bien decir de doña Domitila, la señora del zapatero, ella solía escuchar desde que oscurecía unas patas de aves deslizarse sobre el techo de zinc de algunas de las casas. Hasta que aquel rumor siguió invadiendo el barrio, y después a todo el pueblo, y hasta el cura se hizo eco, de aquella misteriosa información.

Fue así como el tercer viernes de marzo, los chicos de la plaza, optamos por hacer una fiesta, a fin de distraer un poco la atención de la agravada superstición que había sembrado el pánico a la populación, a tal grado que hasta mamá se había involucrado en el asunto haciendo una propuesta que nadie rechazó.

A partir de ese día escaseó el ajo en el mercado, debido a que mi madre había propuesto como medida de prevención radical, colgarnos un collar de ajo a fin de combatir el maleficio.

No puedo negar que aquella sugerencia de mamá con más superstición que solución, trajo a la juventud algunos inconvenientes, debido a que las chicas se escondían de nosotros para que no las viéramos lucir aquel collar, y nosotros de ellas.

No obstante, teníamos más oportunidad de vernos, porque aquella preocupación global, había distraído los celos de los padres de las chicas, los cuales habían optado mantenerse ocupados en los misteriosos acontecimientos del barrio.

Entonces, a William, el hijo de Andreína, se le ocurrió una idea que resultó genial, y de la que todos nos sorprendimos, porque él fue el primero en darse cuenta, que con aquel enredo de misterio y superstición, y cordones de ajos en el cuello, hacía más de una semana que a las chicas no le prohibían juntarse con nosotros, y fuimos convocados a reunirnos.

—Está todo de maravilla, mientras más ocupados estén los viejos con la superstición, mayor será el tiempo de emoción. Tendremos a las chicas con nosotros…¿verdad?… Así que para esta noche cenaremos gato —dijo Thomas.

—¿Gato?… de qué estás hablando, de dónde lo sacaremos —le pregunté.

—Nos comeremos el de Domitila que es la más habladora y supersticiosa —agregó.

—Entonces, Domitila no va a dudar en culpar a Donosa —afirmé yo.

Unos y otros súbitamente tuvimos un intercambio de miradas, y William sorprendido en complicidad con Thomas, indagó:

—¡Vaya! ¿Cómo lo adivinaste?

Los chicos volvieron a mirarse al tiempo que celebraban la idea, mientras nos abrazaban fueron aportando un concierto de elogios.

Esa noche lo planeado se realizó al pie de la letra, y como en el verano oscurecía más tarde, a William le fue fácil atrapar el gato de doña Domitila, sin que nadie en el barrio fuera de nosotros se percatara.

William y Juan nos esperaron a orillas del río con el gato pelado y destripado y una hermosa fogata cuya lumbre se reflejaba sobre las aguas plateadas del río Alborada.

Yo llevé la sal y los condimentos, y Pedro cargó con los limones. Después de sazonar la carne, William hizo de cocinero y yo de asistente, logrando realizar un deslumbrante locrio de arroz amarillo con gato; de manera que hasta doña Domitila, ignorando que comía de su propio gato, se lamió los dedos.

Usamos platos higiénicos para distribuir ocho libras de arroz con gato. De manera que el enorme caldero llegó a alcanzar hasta para Donosa y Chavelita. Yo lo serví mientras que Chari y FIFA tocando puerta lo fueron repartiendo en todo el vecindario hasta donde alcanzó.

En un fogón pequeño, Juan preparaba otro enorme caldero de té de jengibre que nos ayudó a bajar el gato con arroz. Por un momento, los muchachos del grupo olvidaron que se comían un gato. Hubo quienes pensaron que se engullían un pollo, incluyendo a doña Domitila que bajó a curiosear a la fogata, ignorando que la cena de gato, era su Micifuz. Fue así como esa noche al lamerse los dedos comentó:

—!Felicidades, chicos, qué bueno estaba el pollo, parecía de "vivero" —dijo, mientras nosotros sonreídos intercambiamos sendas miradas furtivas.

Después que todos se fueron a dormir, recogiendo el reguero nos quedamos William, Pedro y yo. Pero algo sorprendente sucedió.

Al otro día amaneció sábado y a William, que había cortado la cabeza del gato, se le ocurrió colocarla en la punta de un palo dejándola en la puerta del baño de doña Domitila, que por cierto, para ese entonces, muchas casas lo tenían en la parte de afuera.

Y cuando Domitila salió para el aseo matutino, al encontrar la cabeza de su gato con sangre coagulada colgando de la punta del palo, cayó de espaldas con un grito ensordecedor.

Don Tabito fue quien la vio caer. Pues los dos patios colindaban y sólo estaban divididos por alambre de púas. Ellos coincidían a la hora del aseo matinal.

En un instante se inundó el patio de vecinos. El barrio estaba en pie, unos en pantaloncillos, algunos envueltos en toallas, y sobre todo las chicas en bata de dormir.

Papá que siempre madrugaba, fue de los primeros en salir envuelto en una toalla y sin pantaloncillos. Don Tabito cuando la vio caer echó un grito sonoro, gritando confundido, creyendo que doña Domitila se había caído muerta y la voz se regó.

Cuando papá la vio en el suelo con gesto de lamento, se sorprendió y al llevarse las manos a la cabeza, en medio del esfuerzo, se le cayó la toalla, dando pie a que los gritos de burlas y de sorpresa se agudizaran.

Las mujeres gritaban tapándose las bocas y abriendo los ojos. Los muchachos reían, y papá avergonzado, corrió a ponerse ropa. William, Pedro y yo, que sabíamos el origen de todo, reímos hasta que las lágrimas inundaron nuestros ojos.

Alguien que nos observaba curiosamente se acercó a nosotros. Era doña Tago, la mamá de Teresa que nunca había apreciado a William, que pretendía a su hija, diciendo consternada:

— ¡Ya no lloren hijos, ahora más que nunca debemos estar unidos. Es tan grande la pena acarreada por esa mujer!

— ¿Por cuál mujer? —cuestionó William, haciéndose el ingenuo.

— ¿Por cuál va a ser? ¡Por esa… hija del enemigo! Esta noche vamos a amanecer vigilándola —agregó.

Cuando iban a llamar una ambulancia, doña Donosa se apareció con una mezcla de amoniaco y alcanfor en una botellita miniatura. Se la puso frente a la nariz, haciendo despertar rápidamente a Domitila.

Esa mañana se hizo más tranquila cuando se descubrió que dona Domitila, por el impacto de la sorpresa, momentánea- mente perdió el conocimiento cuando visualizó la cara de su gato frente a la cara de ella.

Donosa, la clarividente que cuidaba de la Chavelita, a quien seguían nominando como "la hija del enemigo", era una señora de fisonomía abultada, de espacioso vientre, cara redonda y nariz alargada, con un mutismo que traspasaba el alma de los observadores.

Poseía una mirada descentrada, que daba la impresión teniéndola de frente, de que su vista contemplaba en otra dirección. Sin embargo, algunos moradores del barrio llegaron a la conclusión, de que su medicina alternativa, había contribuido a equilibrar los nervios de Domitila, la cual desde el día de la broma había quedado algo asustada y sentía fobia ante cualquier sonido inesperado.

Realmente, Domitila empezó a ser amiga de Donosa. Daba la impresión de que empezaba a disfrutar los bebedizos que a bases de hierbas y raíces le fue suministrando hasta lograr estabilizarla. Fue un servicio de intercambio, debido a que cuando el zapatero pidió la cuenta, ella le entregó dos pares de zapatos con suelas desprendidas, a fin de que don Emeterio, zapatero del pueblo, le hiciera sendas reparaciones como trueque.

Los chicos y yo, a pesar de la trágica consecuencia de aquella broma de muy mal gusto, estábamos felices.

Ya nadie tomaba en cuenta si las chicas y nosotros estábamos juntos o reburujados.

William ya podía darse el lujo de agarrar las manos de Teresa, y hasta se saludaban con besos y abrazos en presencia de doña Tago, la madre de Teresa, que tiempo antes del incidente la mantenía controlada.

En cambio, después todo acontecía sin mayores consecuencias, sólo un día en que William le dio un beso de piquito en la boca, y doña Tago lo vio, le advirtió:

—Niño, no te aproveches.

William haciéndose el ingenuo le respondió:

—Recuerde doña Tago, que todo salió de usted… ¿olvidó que nos dijo que ahora más que nunca debemos permanecer unidos?

Ella reflexionó y le contestó:

—Tienes razón, niño.

Desde entonces, esos fueron muchos besos y abrazos, acompañados del: "¡Hola "manita!", por decirle "¡hola hermanita!"

La superstición había arropado la conciencia social de los moradores del barrio, y circuló un nuevo rumor sobre la Chavelita. Decían que: «'la hija del enemigo' era una vampira que al no poder comerse a los niños porque estaban muy crecidos, había empezado a comerse a los animales, y que ella se había comido el gato de doña Domitila.»

Ese día era sábado, y a la cinco de la tarde se congregaron en la Iglesia del Carmen buscando apaciguar su conciencia en misa. Sin duda alguna, esa tarde, el cura hizo su agosto en julio porque a la hora de recoger la limosna hasta los impíos cooperaron, y el cura, con una sonrisa que superaba la del oso frente a la miel, elogió la generosidad de la populación dándole las gracias por "sacrificarse contra los demonios." Había colectado más de lo recibido en cinco meses; se había colectado diez mil dólares.

La gran afabilidad solidaria se generó bajo la condición de que el cura los acompañara a la vigilia de esa noche. Por eso, a la hora de pasar el canasto de las limosnas, bolsillos en manos, unos aportaron cien, otros cincuenta, y los que menos aportaban lo hicieron de a veinte pesos. Y por más que el cura trató de persuadirlos de que oraría desde la casa curial, o de que no podía trasnocharse porque al otro día habría de dar la misa en la mañana, no pudo evadirse.

Lo que al principio fue una broma para nosotros, vendría a tornarse en algo inexplicable. Pues, esa noche, mientras estuvimos reunidos bajo una mata de almendra, preparando un té de jengibre, pasó volando sobre nosotros un bulto negro adherido a una escoba. Más bien parecía un pájaro que lloraba de dolor, y precisamente por esas circunstancias del destino, se desplomo sobre el techo de la casa de Domitila, cuya casual sorpresa nos indujo a correr a los alrededores de la casa para verificar lo acontecido, donde pudimos percibir lo increíble:

¡Al llegar nos encontramos un pavo negro con la barba roja, que dejaba escapar un extraño gorjeo, y que al mismo tiempo causaba pavor en aquellos que osamos contemplarlo! No sólo porque parecía un animal de galaxia, sino porque resultaba raramente extraño que un pavo se paseara suelto por las calles del barrio.

Sin prestar la mayor atención, corrimos a la casa de Chavelita, aquella a quien los moradores del barrio seguían apodando como "la hija del enemigo" y descubrimos que dormía profundamente sentada en una silla.

Vimos en la cama de la "clarividente", es decir, de doña Donosa, la piel que recubría su cuerpo. Tratamos de despertar a Chavelita, pero por más que tratamos, ésta se negaba a hacerlo. Preocupados por todo lo acontecido, enviamos a Juan para que le explicara al cura lo que habíamos presenciado, pero el cura se negaba a creerlo.

Después de mucho ruego, se apareció con un vaso conteniendo agua bendita y quebrando una ramita de ruda de una mata que crecía en un tarro, empezó a rociar a la Chavelita, tratando de hacerla despertar. Pero de nada sirvió el esfuerzo del cura que afanadamente rociaba el rostro y la frente de Chavelita con agua bendita. De pronto, entró a la sala donde nos encontrábamos. Doña Tago tomó al cura del brazo, lo condujo a la casa de Domitila donde encontraron al zapatero dándole puñaladas a la tierra, y apuñalando su cuerpo.

Algo raro estaba sucediendo porque las cuchilladas que se propinaba el zapatero, sólo causaban daño al cuerpo del pavo que en la medida que la recibía emitía un graznido que más bien parecía el de una bestia prehistórica. Algo así como un dinosaurio, y al tiempo y en la medida que se agravaba su condición existencial, experimentaba un proceso de metamorfosis que resultó en la transformación del cuerpo pelado y desnudo de doña Donosa, quien con sus acciones había confundido a los pobladores, para que éstos culparan a Chavelita por las maldades que ella ejecutaba, usurpando la condición bondadosa de aquella.

De ese modo, doña Donosa, había logrado engañar y confundir a los pobladores del sector al grado de lograr que estos odiaran a la Chavelita. Ahora, cuando el cuerpo pelado de Donosa era salpicado por las gotas de agua bendita que derramaba el cura, fueron provocando quemaduras con humos, al tiempo que contribuía a que aquella lograra desencarnar el espíritu en un descenso de angustia precedida de esos terribles graznidos que aún perduran en mis oídos, hasta un momento de armónico silencio.

Ese mismo día, desde las primeras horas de la mañana, los pobladores desfilaron boquiabiertos a contemplar el cuerpo cadavérico de Donosa, a quien desde entonces llamaron la difunta "hija del enemigo", no sin antes considerar disculparse con la Chavelita, a quien buscaron para que viera con sus ojos, lo que ellos habían visto.

La misa de ese domingo había sido suspendida. El cura excomulgó el cadáver, declarándola "hija del enemigo, discípula de Lucifer, y enemiga de Dios".

Una sesión extraordinaria del cabildo municipal, autorizó la quema del cadáver y el polvo fue disuelto en uno de los ríos más caudaloso de la región.

Más adelante, la oficina del arzobispo encabezó una investigación que afirmó: "...'la hija del enemigo' había sido descubierta en otro pueblo por el único sobreviviente de una familia a quien ella había destruido, porque ellos se habían dedicado al estudio de las ciencias ocultas, buscando alcanzar la iluminación de Dios, para erradicar la maldad del mundo."

También dijeron de la Chavelita, que ésta había sido escogida por Dios para que a través de su sufrimiento se afianzara el camino que condujera a combatir el mal.

Lo cierto es que, las amarguras de la Chavelita y el repudio que por tanto tiempo tuvo la gente de ella, sin que pudiera evitarlo, ahora misteriosamente estaban siendo recompensados. Todos querían tenerla como amiga. Hubo una trasformación radical en su aspecto, y no faltó alguno que al contemplarla, tan radiantemente bella, pensara en la posible divinación de su belleza, y aunque los mayores me veían como a un niño, la pedí en matrimonio.

En los primeros años de mi adolescencia, yo había sido uno de los discípulos más consagrados del cura. Éste, recordando que los domingos nunca le faltó a tiempo la copa limpia, el vino y las hostias en su lugar, y siendo la Chavelita huérfana porque su madre murió justo cuando apareció en el pueblo doña Donosa, la misma que después sería apodada "la hija del enemigo", y a quien al morir la madre le había confiado el cuidado de la Chavelita, al perecer "la ingrata demonio", y quedando la Chavelita sola, ésta sería internada en un convento. Yo troné, rogué y prometí hasta que hice que mi padre y mi madre me sirvieran de garantes ante el cura. El se acordaba de mi carácter y buen comportamiento y confirmó mis aspiraciones con Chavelita, accediendo a mi petición.

Habiendo la Chavelita, recuperado el habla facilitando su comunicación, todos volvieron a quererla. Su vida se normalizó, y cuando nos casamos, ella estaba cumpliendo los dieciocho y yo diecinueve.

Para ese entonces, yo trabajaba en la plaza municipal. William y Teresa, para confundir a doña Tago, seguían besándose y abrazándose bajo el pretexto de "hola manita, hasta que se casaron".

Yo tomé las debidas precauciones para que mi padre no supiera de la broma donde perdió la toalla. Sin embargo, unos años después cuando Pedro se entregó al seminario, y le pidieron que confesara sus pecados (y secretos), la verdad sobre la broma no sé cómo llegó a oídos de papá, quien sintió vergüenza ajena en una reminiscencia del pasado.

Duró un largo tiempo sin recibirme, sólo un año después, mamá le dijo que yo necesitaba hablar seriamente con

él. Guardó silencio por un rato mientras yo esperaba en la antesala, y le dijo a mi madre como para que yo lo oyera:

—Dile a ese sinvergüenza que si me va a dar con que ponerme los dientes, que venga.

Debo admitir que esa fue la broma más costosa; para arreglarle la boca, me cobraron tres mil dolares cuando el dinero valía. De eso hace mucho tiempo.

AL OTRO EXTREMO DEL ASIENTO

Mientras aguardaba en silencio, me fluyeron las lágrimas como gotas torrenciales de un manantial sin rumbo. Yo pensaba en mi madre y en la distancia que nos separaba.

Recordé a la amada que nunca llegaba, y en la larga espera, allí estaba ella al otro extremo del asiento, silenciosa y solitaria como yo. También ella esperó por alguien que nunca llegó y allí estaba yo. ¡Qué extraña es la vida; cuántas almas de extraños destinos!

Ella se me acercó en silencio, con un pañuelo secó mis ojos humedecidos mientras me comentaba:

—Cuando un hombre llora, razones mayores lo motivan, ¿verdad?

Con cierta timidez la contemplé. Le sonreí, mientras le agradecí su gentileza:

—Gracias, es usted muy amable —le dije.

Cuando se erradicó la humanidad, al centro de la gran ciudad, todos vivíamos solos, y aun rodeado de todos.

El silencio y la penumbra se habían apoderado del ambiente, y las personas se habían quedados mudas, sólo a nosotros nos brotaba un chorrito de voz debido a que fuimos facultados para hablar. Se nos había encomendados esa misión y no pudimos desprendernos de ella por nuestra voluntad.

Muchas veces intentamos hacerlo, pero ese libre albedrío sería algo así como un ejercicio para el alma.

Era como hablar con seres que ignoraban la lengua, cuyo entendimiento le estaba coartado, y mientras le expresaba el objetivo ellos se te burlaban, y entonces reiteraban en su actitud la máxima de que: "No hay peor ciego que el que no quería ver, ni más grave sordo que el que no quería oír".

Así, nos fuimos compenetrando, sobre todo porque mientras otros ignoraban el lenguaje que nos habían facultados a expresar, ella y yo lo entendíamos tan claramente descifrado, como la luz del sol en cada amanecer.

Así es la vida. Nos arrastra tantas sorpresas, muchas veces ininteligibles, quizás porque antes de aquel encuentro, al otro extremo del asiento, ella pensó y se juró haberme visto, y cuando lo comentó, le sonreí.

Yo entendí que la primera ocasión en que nos vimos en este plano, y al otro extremo del asiento, sería la primera vez, a pesar de habernos encontrado en tiempos remotos en planos diferentes, en galaxias distintas. Al llegar al plano terrenal, habíamos olvidados las vivencias obtenidas, sólo el alma había logrado retener todas esas otras vivencias que aunque no recordábamos, de forma natural la comprendíamos, aunque al hombre común le parecieran anormales.

Entonces, poco después de una ardua reflexión en la esencia de nuestras vidas, entendimos que habíamos nacidos para encontrarnos en ese lugar y al otro extremo del asiento.

Ella había nacido en una familia de cuantiosa opulencia, cuya mentalidad entendía que un roce o aproximación al populacho no sería más que una ilusión de ciencia ficción.

Había nacido en clínica equipada con la más sofisticada tecnología, cuidadosamente atendida desde que emitió el primer grito de introducción a este plano, cuando sus ojos contemplaron los primeros reflejos de este sol amarillo, ya cuando su espíritu y su alma se habían instalado en el hermoso reflejo de su imagen, en aquel cuerpecito que cubriría la esencia de su ser por el resto de su vida terrenal.

Desde su nacimiento había sido rodeada de obsequios que iban desde brazaletes de oro hasta el más costoso de los juguetes, armonizado por un esplendoroso arreglo floral que había recibido su madre mucho antes de estrecharla entre sus brazos.

Ella nació rodeada de todo aquello que la conciencia social valora en este mundo como imprescindible para ser feliz. Tanta felicidad heredada no le había permitido visualizar la técnica del crecimiento humano.

Desconocía las vivencias de los pobres, llegando con el tiempo a confundir los extremos, al grado de pensar y creer que había nacido pobre y los pobres ricos, llegando a pronunciarse en alta voz: —Oh, Dios, si así vivimos los pobres, ¿cómo vivirán los ricos?

Gabriela, estaba muy confundida, había asistido a los mejores colegios privados con mucha sobreprotección: el chofer la llevaba a la puerta, la directora la recibía, una institutriz la acompañaba al excusado. Aprendió a atender sus necesidades femeninas, porque nadie más que ella podía hacerlo.

Cuando viajaba al extranjero, nunca le permitían orientarse sobre la condición de los necesitados, ni ver los canales televisivos de países tercermundistas, porque los noticieros solían difundir muchas noticias de trabajadores reclamando reivindicaciones sociales a los gobiernos y aumento salarial a los patronos.

¡Jesús!, para ese entonces cualquier acción fuera de la tradición era un pecado, principalmente, cuando las niñas de la aristocracia podrían enterarse de la anarquía causada por el proletariado indocto que sólo forzaban al dialogo quemando neumáticos y rompiendo vitrinas.

A los dieciséis años experimentó la primera sofocación de corazón, y consintió un romance de niños con un sobrino de la directora del colegio, limitándose siempre que podía a besar sus mejillas.

Dos años después de aquel efímero consentimiento, se enteró de que los novios podían besarse en la boca. Desde entonces guardó rencor a quien consideró su primer amor.

La familia se trasladó al sur de Francia, donde pudo orientarse un poco más de la vida, y cuatro años después, se mudaron a América, donde vino a despertar frente a fuertes choques de valores, chicos viciosos y libertinos. Ella, rescatada e instruida en escuela de monjas, y mucho más confundida, no sabía qué camino escoger.

—Veinte y dos años desperdiciados —pensó en voz alta. Cuando nos encontramos en el subterráneo, al otro extremo del asiento, ¡vaya extremos!, porque en verdad, yo había sido todo lo contrario de aquellas vivencias que ella había experimentado.

Tal vez, Gabriela jamás imaginó que en su primera visita al subterráneo de Nueva York iba a encontrar la paradoja vivencial de su existencia. Casualmente al otro extremo del asiento.

Gabriela y yo vendríamos a ser el equilibrio de una existencia terrenal. Mientras ella y su madre habían sido asistidas por los mejores cirujanos de la clínica más lujosa de ciudad, yo como el mesías, vine al mundo asistido por una partera o comadrona, sobre esteras de pámpanos y hojas resecas de plátanos.

Me formé en la escuela pública, rifándome el espacio con las pandillas, que maliciosamente orinaban sobre el piso para convocar a las más hermosas chicas de las aulas, para que me vieran mapear con mi camisa, y cuando no, intentaban cobrarme protección sin importarle si yo dejaba de disfrutar un dulce en el recreo, al tener que usar para ellos las pocas monedas que me daba mi padre para merendar.

Todo había sido concebido como una gran paradoja entre Gabriela y yo, desde antes de nacer. Porque mientras ella ignoraba el sufrimiento humano, yo recreaba el dolor en mi conciencia para elevar la voz clamando por justicia.

Así fue como inicié mi trayectoria de vivencias sociales hasta llegar a ser un flamante líder del gremio estudiantil que debía medir cada paso, a fin de no ser apresado.

Al concluir la secundaria, pude ingresar a la fuerza del orden, y cuando me ordenaban golpear a los pobres que clamaban justicia, me negaba a hacerlo.

Por negarme, fui procesado por la comandancia ejecutiva, porque el gendarme tenía que cumplir órdenes y yo me había negado, replicando: "que no aceptaba ni concebía una fuerza del orden que provocara desorden."

Me llamaron malcriado, indisciplinado e insubordinado. Así, cuando me echaron bajo el alegato que yo podría resultar un peligro para el orden sistemático pre-establecido, ingresé a la universidad, sin dinero pero con esperanza. Allí surgí como líder y serví al estudiantado y a los trabajadores, me panfleteé con los anarquistas y me gané el respeto de los comunistas. Pero todos en su afán esperaban que me definiera. Un día me preguntaron:

—¿ " Tú, estas con Dios o con el diablo"?

Entonces con cierta perspicacia, los miré en silencio y parsimoniosamente les respondí:

—Depende, porque si Dios está en todas partes, también está en el diablo. Yo soy el que yo soy y estoy conmigo.

Ante aquella respuesta, la opinión se dividió. Unos se desconcertaron y otros me elogiaron. Yo me mantuve sereno porque sabía que siempre existiría la lucha de lo contrario, porque los justos nunca aceptarían voluntariamente las injusticias de los injustos.

Yo estaba seguro que el conocimiento era la pauta de la salvación. Nadie en la tierra fuera de los que se aceptaban como dioses podría admitir su perfección.

Entonces los grupos de ambos bandos entendieron que si me mantenía imparcial era con el objetivo de entregar a cada cual sin ataduras lo que se mereciera porque los amaba. Yo sabía que en cada bando siempre existirían los justos al lado de los injustos.

Todas aquellas vivencias me prepararon para entender a Gabriela, que aunque era joven y de familia opulenta, vivía desconcertada y asaltada por las dudas. En cambio yo, adulto, experto, decido, sin dinero, pero cargado de esperanzas estaba decidido a enfrentar a todos los que se opusieran a nosotros.

Nunca imaginé que Gabriela habría de cargar a mis hombros los desaciertos de aquel que en la flor de su adolescencia la mantuvo a besitos en las mejillas, porque después de aquel encuentro, no quisiera yo ahora ponerme a recordar, cuántos rechazos me dispensó.

Nunca antes supe donde vivía hasta que no di muestra de mi sincera entrega. Lo que bien puedo recordar es la expresión que le abrió el corazón. Recuerdo que le dije con determinación:

—Usted va a ser mi mujer. ¿Por qué trata de sepultarme sabiendo que soy su existencia inmortalizada? —fue un susurro al oído, que despertó el cariño.

Ella me miró sonreída y me cuestionó: —¿De qué signo es usted?

Con cierta sorpresa le contesté con otra pregunta: —¿Cuál es el suyo?

Ella me respondió: —Sagitario.

Yo le dije: —Yo soy leo, puede ser que nos llevemos bien.

Ambos compartíamos una estela de superstición, y como si desconociéramos al Dios que nos invadía, tratamos de justificarnos en la astrología. De todos modos, yo era consciente de su condición y traté de no llevarle la contraria, y resultó.

Estreché su mano en la mía. Ella no opuso resistencia y la besé en el cuello cuando me iba. Yo estaba tan convencido de mi aceptación, que sin importar la opinión ajena le expresé sin cuidarme de que me escucharan:

—Me marcharé por el camino fiel que la existencia marca en mi vivir. Daré gracias a Dios por todo lo bueno, por todas las pruebas, por la redención, por todo tu amor.

Ella me miró con ternura y me vio alejarme.

En lo adelante, Gabriela sería mi alegría y mi adorado tormento. Ella sería la faraón en su trono. ¿Yo?… el guardián de su reino.

Yo tenía bien definido eso de que el amor no sucumbe cuando es sincero y emana del corazón para manifestarse en el alma. Parecía difícil luchar con lo imposible. Sin embargo, lo que parecía distante y difícil, desarrollaba mi intelecto, porque me movía a hacer uso del poder que existía en mí como obra del Dios de mi ser.

El pensamiento se hizo hombre y el hombre manifestó el verbo y recurrí a las palabras para persuadirla.

Fue entonces cuando me decidí a escribirle. Y después desafiando el invierno, a esperar su entrada o su salida para entregarle el sobre de "la vida o la muerte." Pues de su respuesta dependía mi existencia.

Yo estaba esperanzado porque aquel sobre guardaba un texto que me ayudaría a descubrir si tenía corazón, o si era una piedra encerrada en un cuerpo.

La carta decía:

> "Querida Gabriela, soy prisionero de la vida. Sólo usted puede desatar mis cadenas con su amor. Por favor, permítame aproximarme. También usted podrá sentir una nueva razón para vivir. Sentiremos que hemos sido encauzados por la senda que por destino tenemos encomendada. El acercamiento entre nosotros agradará a los ojos de Dios, porque los elementos que integran su existencia son parte de la mía. Si los juntamos, seremos como el todo integrado a la libertad del espíritu.
>
> Si tuviera que quedarme acorralado en este huerto de dolor, lo haría conforme floreciendo en las ramas del amor, que me aproxima a su estancia. Quiero seguir presente en su existencia, porque el dolor que me causa su ausencia lacera la piedad de mi conciencia. Purificarme así ha de ser agradable, porque creo caminar por la senda de Dios. Dios es complemento y globalidad esencial de todas mis aspiraciones.

Pienso en usted y soy feliz. La amo. De mi Dios y
de usted depende mi eternidad."

Ya había tomado la decisión de que si Gabriela no me aceptaba, me
iría al seminario curial. Me haría sacerdote aunque no tuviera vocación
para el ministerio.

Como un lobo acorralado esperaba su llegada. Dos horas después la
vi llegar. Cuando me vio, detuvo el automóvil y un poco sorprendida,
me dijo:

—¿Usted aquí?... ¡ Se va a congelar!

—Por usted desafío la inclemencia del tiempo —le respondí,
mientras le extendía el sobre que portaba para ella, y agregué,— De su
respuesta depende mi felicidad.

Gabriela recibió el sobre con la mano izquierda y con una sonrisa
de esas que dominaban la atmósfera, me dijo:

—No lo haré esperar. Mañana es domingo, nos encontraremos a la
misma hora en el subterráneo donde nos encontramos antes.

—Está bien —dije.

Besé su mano mascullando una oración y abandoné la escena
esperanzado.

Es verdad que en los negocios de los sentidos más fácil se confunde
la visión que el latir del corazón. La belleza es subjetiva y cultural. No
siempre que se mira se ve lo que es real. En cambio, en los asuntos del
amor se cronometra el corazón. Se dice que: "No todo lo que brilla
es oro."

El oro brilla en el umbral, y el hierro trabajado en la distancia se
nota similar. Son negocios del sentido material al percibir un objeto
brillar. Pero lo son del alma espiritual cuando se siente el valor esencial,
lo correcto sería diferenciar el matiz del deseo y la emoción del fervor.
El deseo complace los sentidos. El fervor deleita el corazón. Cuando se
siente se quiere. Cuando lo que se mira gusta, se anhela.

Yo miraba y sentía, aún sin estar seguro si era cierto eso, de que
cuando se está enamorado todo se ve bonito. Pensaba que Gabriela
reunía todo lo necesario para ser proclamada una enviada de Dios.

Parecía un ángel. Y allí estaba extasiada al otro extremo del asiento. Llegó antes que yo y pretendía desesperarme porque justo, cuando me le acerqué se detuvo el tranvía. Ella corrió hacia adentro. Yo en cambio, cuando vi la acción, aceleré. Casi corrí para abordar el mismo vagón donde ella entró antes de que cerrara la puerta. Noté que jugueteaba.

El vagón estaba despejado y ella al centro como una faraón.

Cuando me vio acercar, cerró los ojos. Todo fue muy sencillo y sorprendente. Mientras ella fingía que dormitaba, con los ojos cerrados y los labios embadurnados de carmín, me le acerqué en silencio y la besé tiernamente.

Aún así ella no abrió los ojos, correspondiendo fue atrayendo mi cuerpo hacia ella parsimoniosamente. Parecía que soñaba, pero en tan pocos instantes no podía estar dormida. Después me percaté que todavía ella conservaba en su aliento el aroma de mi perfume. Me dijo que pensó que no podía existir otro igual. Que prefería soñar la realidad.

Ciertamente mi perfume resultó inimitable. Era precisamente una mezcla de muchas esencias y fácilmente el olfato humano no precisaba definir cuál de los aromas era el que más motivaba o el que sobresalía. Los demás ocupantes del vagón miraban en silencio.

Como sabrán nuestros distinguidos lectores, siempre existirán los inconformes, ellos son los que motivan la existencia. Como era de esperarse, una anciana gruñona rompió el silencio:

—¡Qué juventud ésta tan irrespetuosa!

La miré en silencio, y sonreí mientras pensaba: «El paso de los años exacerba el espíritu y contradice el saber».

Mientras Gabriela sonreía con sus ojos cerrados, esperaba que volviera a besarla. Lo hice con mayor intensidad.

Entonces la vieja inquisitivamente me miró. Tragando en seco se saboreo y guardó silencio.

Al otro día era el treinta y uno de diciembre, día de su cumpleaños. No tenía idea como moverme dentro de su ambiente aristocrático.

Esperaba que el hecho fuera como decían los chicos de mi barrio: "¡Mucho bate, y poco empate. Es más la espuma que el chocolate!"

De todos modos empecé los preparativos. Desempolvé un traje negro que papá usaba para sus reuniones de "oddfellow." Me lo probé y parece que usó mis medidas para confeccionarlo. Me quedó como si hubiese sido mío. Con los chicos del club reuní algún dinero para donarle dulces a los "desamparados." Junté lo que me sobró con cincuenta que papá había olvidado en su traje de "oddfellow" y sumaron cien dólares.

Compré un regalo de cincuenta y guardé el resto en la cartera. Convencí a Max, que era el único de los chicos del barrio que tenía carro bueno, para que me acompañara.

Aunque Gabriela no tenía la palabra final de lo que perseguía, nosotros sí entendíamos qué le agradaría. Hicimos los preparativos finales para que se sintiera satisfecha, siempre tratando que no se enterara de nuestra intervención.

Así comenzó a descubrir la felicidad tan esperada. Justo al momento de partir el bizcocho, se improvisó una serenata que fue parte de la sorpresa que le llevamos con los chicos del club.

Esa noche se le vio tan alegre que todos dudamos de su sobriedad. Poseía una tez rimbombante como ponzoña blanca y seda gris. Entonces, no sé como sucedió, pero todos nos miramos al mismo tiempo. Parece que una acción telepática había coordinado nuestros pensamientos.

Habíamos llegados a la conclusión de que cuando el ser humano olvida su misión divina para rendir culto a la materia, pierde la noción de sus auténticos orígenes, y la razón de su existencia.

Ciertamente fue una gran sorpresa para todos. Sin consultar conmigo, ni con su familia esa noche ella con la mayor seguridad, anunció nuestro compromiso, y fijó la fecha de la boda. Sacó un juego de aros y me comprometió en presencia de todos.

La acción había causado una gran conmoción. Su padre tuvo que ser atendido con esencias aromáticas para que volviera en sí. Pues, repentinamente se mareó y perdió el conocimiento. Es que Gabriela era la primera dama de sociedad que rompía las tradiciones.

...de eso hace cinco años. Tenemos dos niños. Soy gerente de una de las empresas de su padre.

A todos los chicos del club, que son cinco años mayores desde ese entonces, los puse a trabajar en diferentes posiciones. Max es ahora mi asistente.

Ayer celebramos por adelantado una vez más el cumpleaños de Gabriela. Hoy es un treinta y uno de diciembre del siglo veintiuno. Mientras los demás esperarán el año bailando, nosotros estaremos en cama.

Parecía que el principio sería el fin y que no existiría continuidad. Pero nos fuimos a dormir. Entonces comenzaron los reclamos.

Un petardo encendido como un aerolito relampagueó al pie de la ventana. La oscuridad se vio invadida. Por un segundo nos sentimos enceguecidos por la violenta claridad que irrumpió el reposo de aquel invierno, en que la sábana se adhería a nuestros cuerpos.

Los dos nos incorporamos, mientras Gabriela se aferraba al lado izquierdo de mi hombro diciéndome:

—Me siento más segura al lado de mi hombre.

Mirándola en silencio a través de aquella luz blanquecina, le dije:

—Quisiera deleitarme en el azul mar de tus ojos de agua.

— Ella sonrió. Me abrazó y me besó con pasión. Una salva de doce cañonazos sonó. Acababa de llegar un nuevo año.

La Diosa de la Danza y El Placer

La conocí una tarde de verano. Precisamente la segunda semana de octubre, cuando el calor neoyorquino exasperaba a los parroquianos y las niñas se exhibían en prendas exóticas, ocasionalmente al último grito de la moda, ilusionadas y tentadas por la liberación contextual y el regocijo del siglo, cuando los viejos se animaban a dejar el bastón y a sostenerse en sus huesos, en esos tiempos en que las ancianas abandonaban las iglesias para ensayar al ritmo de la música punta.

En realidad, sé lo que tengo que saber en el momento que debo saberlo. Pero no recuerdo de qué manera iniciamos el diálogo. Sólo recuerdo que el gobierno estaba confundido y me creía hábil y peligroso.

En cambio, yo, me conocía mejor. Era manso, sereno y tierno como un cordero, sólo tenía papeles y la barrera del idioma. Con todo eso, recuerdo que ambos nos deslizamos como niños, que más que treinta y algo, más bien parecíamos quinceañeros.

Eso lo comprobé dos semanas más tarde. En realidad, ese día la miré triste y solitaria, como si deambulara en el tranvía, desde el alto Manhattan hasta los confines del boulevard, por allá por la zona de Broadway. Era como si en su carrera contra el tiempo, y en las paradas del mundo, buscara reconstruir la vida sobre los rieles de un tranvía que deambulaba sin rumbo.

Después corría, jugueteaba y danzaba, siempre danzaba y erotizaba los estilos de amar. Ella buscaba sus propias fantasías, siempre huyendo de la monotonía. Un día perdió la cuenta de sus largas listas de amantes, persiguiendo un placer, una tranquilidad, una satisfacción, una felicidad que nunca encontraba. En el invierno contemplaba el paisaje desde su ventana.

A lo lejos del elevado blanca y serena como Ada de sueño la nieve, lluvia congelada descansaba sobre el espacio terrenal como diamante cristalino. Blanca inspiración de invierno que ante el ojo humano de visibilidad alterada, era como un oasis de un planeta sin vida, y así pasaba el tiempo correteando tras la sombra de su propia esfinge.

La primera noche de consagración ilusoria me invitó a un garito de baile. Por allá, por los sures del Bronx, donde inconsecuentemente apelando a la circunstancia de que un parroquiano despechado diera el pie inicial de una trifulca, haciendo volar botellas como insectos de ponzoñas venenosas, seguido de una ráfaga de insultos, mesas volteadas como escudos protectores, y confusión por los gritos que emitían las mujeres que bailaban apasionadamente colgadas de los hombros de sus acompañantes, fui tomado del brazo y conducido por uno de esos pasillos, que solo los tahúres del contexto conocían, mientras me ponían a salvo de la cristalería lanzada, aguardamos a escondidas mientras la seguridad del sitio se hizo cargo de la situación y restauró el orden.

Cuando nos percatamos que había vuelto la calma, reaparecí con ella tomada de mi brazo, sigilosamente como fieras al acecho, hasta que logramos abandonar el sitio.

Esa misma noche marchamos a la plaza más cercana, donde sólo el silbido de los insectos nocturnos podía alterar la paz. Allí se colocó en mi pierna como un jinete a caballo. Agujeró en su prenda interior, provocando mi sexo y cabalgó hasta lograr el éxtasis placentero de su pasión desenfrenada.

En lo adelante, Francia no volvió a llamarme "Eloy", como lo hacían los demás. Empezó llamarme "papi", la palabrita corta que en la cultura de ciertas regiones del Caribe, era una forma de distinción afectiva.

Detrás de aquella ceremonia de iniciación sexual, se generaron ciertas dificultades como oposición a lo que vendría a ser un amor con barreras que incluía la identificación con la familia, celos innecesarios, inseguridad, desconfianza debido a que ella sabía que había llegado. Más no estaba segura si me quedaría.

Ella dejaba de vivir para sufrir. Su obsesión conmigo le había provocado un inusual nerviosismo que no le permitía ver que yo saludara afablemente a otra mujer. Comenzó a ver moros donde no había costa. Sus celos la llevaron a ver mi partida y de solo pensarlo, ella se tornaba agresiva. Sin embargo, cuando estaba contenta jugueteaba. Como una niñita, de un salto se colgaba a mi cuello.

Llegó el momento en que hasta su mascota preferida "el loro" tarareaba su frase predilecta de amor: "¡hola, papi!". Todo eso me confundía. A veces no sabía quién me hablaba, si ella o el loro, y comencé a angustiarme por la seriedad de lo que parecía una aventura más.

Todo empeoró cuando pensé que el fantasma de los celos se había extinguido. Fue entonces cuando más se agudizó. En su presencia, ya no podía ni siquiera saludar a mis amigos.

Según avanzaban los días sobre la oscuridad crepuscular del tiempo, comencé a repudiarla. La diosa de la danza y el placer se había vuelto una tirana.

Retornó a sus andanzas. Volvió a planear sus fiestas a escondidas. La serenidad que recobró cuando nos encontramos fue desapareciendo. Sus familiares comentaban que yo la había cambiado y que yo sería el pilar de su tranquilidad. En cambio, entendí que aquellos se habían adelantado al juicio.

A mi llegada al barrio todos se noticiaron. Corrió la voz, como un huracán de brizas fuertes, de que Francia, la diosa de la danza y el placer, se había vuelto sedentaria porque entre sus conquistas había arrastrado a un letrado. Yo estaba boquiabierto por las escandalizadas murmuraciones. Decían:

«El se ve bien. Su único defecto es que no tiene dinero ni trabajo. Con educación superior, pero limitado por la lengua». Así era como se expresaban de mí.

Sin embargo, yo me sentía más rico que los ricos manifestando lo que necesitaba, haciendo caso omiso de las murmuraciones.

La jungla urbana se había tornado cada vez más beligerante. Sus habitantes con el paso del tiempo se volvieron prejuiciosos. Lo que dio pie a que la más mínima pequeñez acelerara su tormento, haciendo pública lo que debía ser vida privada.

Unos meses después de un recorrido en el tranvía, aletargado por los muros de los rascacielos, regresábamos en silencio tomado de las manos a la intemperie, frente a la opinión del vecindario que nunca la dejaba vivir tranquila por temor a que un extraño le arrebatara, a la graciosa bailarina del barrio. Comentando entre ellos la veían regresar, sin poder controlar la tentación de hacerse notar. Con salvaje intención dijo uno de ellos:

—Adiós, ¿cómo está la pareja dispareja?

Lo miré silencioso y sonreído. Pero ella con todo el esplendor de su pasión entregó una mirada fulminante que le ahorró una expresión oral.

No obstante, con descaro y desvergüenza, ellos insistieron en ridiculizar nuestro romance que ella concebía "como grata experiencia".

—Sólo uno que ande buscando donde alojarse va a estar con ella —expresó el otro resuelto a provocar un altercado.

Yo nunca supe qué significaba aquel comentario. Sin embargo, me percaté de que el vecindario se había alborotado.

No había maldad alguna en aquella mujer amante de las fiestas y el placer. Simplemente, ella fue una víctima más de aquella sociedad convulsionada que inducía a sus habitantes a buscar la forma de escaparse de las constantes y frecuentes depresiones.

Mientras anduvo conmigo, se notó su ausencia de los corredores y pistas de bailes. Un cambio brusco se produjo en su forma habitual de vida, convirtiéndose en el ama de casa que cocinaba para sus hijos, y por qué no, para su hombre también. Aquel en quien para entonces, ella cifraba sus esperanzas, tanto así, que ese amor la indujo a superarse en la academia, buscando igualarse al hombre que la acompañaba.

Una noche se sintió animada, e inspirada frente a una máquina de escribir, trató de construir un verso mientras le comentaba a su madre como pensando en voz alta, cargada de entusiasmo y esperanza:

—Yo seré la secretaria de mi amor.

Ella que esperaba una palabra de aliento de su progenitora, o un incentivo de complicidad, primero escuchó un prolongado silencio; después una expresión de desaprobación:

—¡Hija, no te hagas ilusiones, recuerdas que " la novia del estudiante, no es la esposa del profesional"! —le advirtió.

Francia guardó silencio para disimular la sensación de frío que la invadió. No quise mirarla. Sin decir nada, me incorporé y me fui a duchar.

Aquella afirmación fue un empuje para sobre-caer. Se quebraron sus ilusiones. Nada le importaba. En lo adelante sentiría el deseo de volver a danzar. Primero, un día festivo, después otro y luego la semana completa.

Yo valoré su actitud y luego empecé a distanciarme durmiendo solo, estando acompañado. Ella estaba celosa y yo resentido. La comunicación se cargó de ruidos.

Ella vio nublarse el cielo estrellado e invadido de truenos y entonces me dijo:

—Yo no puedo estar con un enemigo. Ya tú no me abrazas ni me amas. Necesito mucho cariño; me siento sola estando acompañada.

Ella esperaba una mejor reacción de mí. Yo en cambio sólo me limité a cuestionarla:

—¿A qué hora quieres que me marche?

Ella miró en silencio con las pestañas humedecidas como esperando que yo encontrara la respuesta en la profundidad de sus ojos inquisidores.

—Tú sabes — me dijo secamente.

Me fui a dormir; detrás me siguió ella. Se acostó y un instante después, quise atraerla a mí sin interés. Ella lo comprendió y me detuvo el cuerpo con su mano derecha.

—No quiero más limosna. Ahora entiendo por qué me decías cuando me enojaba contigo, que sólo las prostitutas quieren en un instante y dejan de querer un momento después. Tú no me quieres — agregó enfáticamente.

No le respondí. Me mantuve callado. Esa noche me dormí muy tarde. Por la mañana recogí las pocas pertenencias que tenía en el apartamento y abandoné la estancia. Por un momento, pensé que me obstaculizaría el paso. Pero no lo hizo. Todo había sido previamente consultado y planificado.

Esa misma noche volvió a bailar. Durante unos días, le hablé por teléfono hasta que la costumbre de la ausencia encauzó mi nuevo camino. Me alejé definitivamente, no sin antes darle las gracias por la estadía y desearle buena suerte en la vida.

Unos meses después, me enteré que la diosa de la danza y el placer ya no gozaba, ya no bailaba. Un cambio radical en su destino la había relacionado con un narco traficante que la indujo al consumo. Ella ya no bailaba. Se drogaba, rabiaba, insultaba.

El veneno de la grandeza y la falsa ilusión la azotaba. Pronunciaba mi nombre donde todos la oyeran y decía refiriéndose a mí: «Que ella estuvo en las alas de un ángel a quien nunca entendió y que Dios la dejó, y el diablo la escogió.»

Cuando supe eso, pensé que cuando el hombre se percata de la injusticia, desarrolla su amor por el que es justiciero. Nueva York fue su sensación y su gran atracción.

En el último invierno de su existencia terrenal, extasiada sobre un banco del Parque Central, deslumbrante y rimbombante, sin un hálito de arrepentimiento, se quedó inerte. Una sobredosis la mandó al sepulcro.

Desde entonces, en cada cumpleaños, entrada la media noche, por los rascacielos situados en los alrededores del Parque Central, se escucha la música que fue su preferida, seguida de una carcajada, el taconeo de sus pies, la cadencia de sus piernas y la flacidez de su cadera

La Segunda
Promesa

Nunca pensé que aquel encuentro pudiera transformar mi vida. Sobre todo cuando tenía antecedentes de naturaleza parecida pero jamás igual. Sin embargo, aquel encuentro me hizo entender que el amor es un lenguaje que acelera la inteligencia y la magnífica. Precisamente cuando es un amor supra-terrenal, emanado de los orígenes de la creación que surge directamente cuando punto cero se extendió en el vacío contemplándose a sí mismo; originando la explosión que produjo la expansión del ser en partículas de luz comenzando el nacimiento de los dioses para manifestar la creación.

Yo en su presencia quise ser una norma de expresión. Ella en su lengua, me hablaba con ternura y en la medida que reflexionaba, el corazón se me aceleraba. Comencé en mis sueños a recibir mensajes claros, coherentes y definidos, todos en su lengua original. Me percaté que esa ninfa habría de ser la beldad a quien aguardé a lo largo de la segunda etapa de mi existencia terrenal.

Después de ese primer encuentro, yo estaría recibiendo agradables sorpresas, principalmente cuando empezó a contactarme por teléfono. Aún ella ignoraba que estaba destinada a ser mi compañera. Más, yo sabía que algo muy definido la aproximaba a mí, y la visualice como tenía que ser: la segunda promesa de mi gran existencia terrenal.

Todo fue confirmado con el paso del tiempo y la actitud natural en que fue procediendo nuestra interrelación. Fue entonces cuando en una de esas tardes en que andaba contento, que ella se sintió sonreír en mi sonrisa y me manifestó su interés en que la acompañara a lo que fue "El concierto por la paz."

Todo se definió entre conversaciones poco después. Me encontraba extasiado en la segunda fila como una gota de agua en un desierto. Todos blancos y rubios como el sol, ¿yo?, orgulloso de mi origen y mi estirpe. Aunque tal vez si hubiese carecido de auto estima hubiese sido víctima de la expresión propia de la discriminación "He allí, una mosca en la leche" siendo aquella reacción muy propia del desamor, el prejuicio y el racismo. Yo sé que el carácter del ser es lo esencial del existir. Sin embargo, ella admiraba en mí una rara belleza que pude confirmar en su declaración:

—Eres un hermoso ejemplar a quien quiero aguantar —me dijo con cierta libertad que yo quise entender.

La miré sonreído y agradecí su preferencia. —Me agrada vuestro estilo en todos los sentidos — le expresé.

—Me gusta como hablas. Tú expresión sensibiliza mi alma —respondió siguiendo marcándome los pasos.

—¡Oh!, tú también eres una hermosa entidad que me trae felicidad. Mi alma vibra al oírte ritmar, y tu voz pronuncia con dulzura, la esencia de tu cordura.

Al escucharme, me miró fijamente a los ojos y con indisimulada ternura me dijo:

—Eres la sensibilidad del amor encarnado.

Sin pestañar, sostuvo mi mirada. Yo pensaba en silencio y también, me sentí motivado y fui correspondiendo al desafío planeado: «Mejor golpeado que burlado», dije disimuladamente."

Me le fui aproximando sin decir nada y con gran precaución, posé mis labios tiernamente sobre los de ella, notando que no se oponía. Me abrazó, y la abracé. Nos entregamos el uno para el otro, y nos fundimos en la efervescencia de una pasión desenfrenada. Nos hicimos una sola carne.

Mi espíritu quiso salir de mi cuerpo como un pájaro escapando de una jaula que lo ha limitado para volar bien alto, y sintió que practicaba el bien para satisfacer el alma.

Mi bien, era su bien, ambos lo presentimos y lo experimentamos la noche del concierto cuando los obstáculos pretendieron asediar mi presencia. Y aunque contrariado y confundido, pude notar que ella estaba esperanzada, adornada de una fe inquebrantable de esas que sólo conservan las almas que aspiran a la gloria celestial. Porque con su sonrisa podía abrir el cofre del entendimiento a los más rancios testarudos.

Así fue como sucedió. Bastaron sus palabras e ipso facto, me hallé extasiado en la segunda fila como un amuletito en el cuello de su esencia grandiosa.

En lo adelante, me hice la ilusión de que aquella sería la embajadora de mi propia existencia.

Yo estaba entusiasmado, en cambio ella, procedía con la naturalidad propia de la persona que lo conoce todo antes de que acontezca. Como si hubiese estado viviendo a mi lado, toda una vida.

En poco tiempo, la vi como a alguien que había sido asignada a mi existencia y que aún no había encontrado en mi camino hasta el momento en que llego. Pero sentí en lo profundo de mi alma que la había esperado por siempre.

Así evolucionó mi entendimiento para sentirla como mi segunda promesa. Para mí, era como una diosa a quien adoraba sin contradecirme con el Dios de mi ser. El que siempre me indicaba que antes de juzgar o discernir, debía buscar dentro de mí las respuestas de mis interrogantes, a fin de dejar satisfecho todo lo deseado. Porque si lo hacía con fehacientica actitud, podría manifestarlo todo y expandir la gloria del Dios encarnado, cuyas experiencias pasarían a formar parte del conocimiento que conduce a la sabiduría que por siempre preserva el alma, en el proceso de retorno al padre que constituye el todo.

Siempre tenía en consideración el dilema de lo casual y lo causal para decir que no hay acción sin justificación. Ciertamente nada era casual, porque cuando ella me convocó temprano, mucho antes de la hora de inicios del "concierto por la paz", había un propósito evidente que encerraba una motivación que ni ella misma comprendía.

Yo lo justifiqué al darme cuenta de que miles de almas encarnadas llenaban el extenso auditorio, donde un personaje físicamente normal dio muestra de gran habilidad espiritual, y armonizó el ambiente arrancando de varios instrumentos las más profundas e indescriptibles notas musicales, dejando cabizbajos a los oyentes. Por un pequeño instante, nos quedo la impresión de que las almas se salían de los cuerpos.

Entonces, cuando todos partieron, tras bastidores y con gran compasión casi como un secreto confidencial, ella se me acerco diciendo:

—La próxima semana partiré para África.

Entonces, silencioso confirmé que en verdad ella era mi segunda promesa terrenal. Mi corazón henchido palpitó y me sentí obnubilado con su voz. Sentí que una daga traspasaba mi alma y una sensación de vacío me embargó. Pensé sin que ella lo notara: «Los ángeles se pintan de blanco para ser misioneros entre los negros».

Sentí mi paladar reseco y forzando mis glándulas salivares, con la poca saliva que pude generar, humedecí mi boca:

—¿Cuándo regresas? —le pregunté.

—En… febrero —me respondió.

Disimulé. Yo sabía lo que ella ignoraba y volví a pensar:

«Las aves vuelan de ramas en ramas y sin embargo no siempre hacen un nido permanente. Si de un agua no puedes beber, es mejor dejarla correr, porque el amor es como una flor, cuando germina te ilumina, y si se debilita se marchita».

Ella mirándome atentamente, como leyendo mi pensamiento me indagó cuestionando: —¿Qué?

Yo, como evadiéndola, le respondí: —Nada, lo que quiero decirte es que… a tu regreso me llames.

Tomados de la mano, caminamos en línea recta hasta que un abismo nos detuvo el paso.

Justo al borde del precipicio, mi madre estiraba mi pierna.

—Levántate muchacho, que se te hace tarde para ir a la escuela —me dijo.

La mañana estaba ennegrecida. Lluvias torrenciales amenazaban con caer.

El
Desamparado

En los últimos meses de un otoño del siglo veinte, por allá cuando la Babel de Acero empezaba a expandir la herrumbre de su bonanza y la economía empezaba a flaquear a tal magnitud, que las fábricas cerraban sus puertas por falta de solvencia y los periódicos amenazaban en sus crónicas augurando un negro futuro a la nación, el bajo mundo reforzaba sus filas con los hombres desplazados por la crisis y arropados por el vicio.

Para ese entonces, yo me había convertido en lo que en inglés se denomina "charity." Es decir, tenía trabajo sin salario, o mejor dicho, nos había llegado la inspiración de hacer trabajo voluntario en las instituciones de la comunidad.

Todo parecía bien hasta que unos bergantes circunscriptos al bajo mundo, consideraron que indirectamente estábamos interfiriendo en sus negocios.

Mientras aquellos se hicieron servidores de lo que para nosotros parecía malo, porque envolvía violencia y maldad, nosotros tratábamos de menguar sus clientelas a través de acciones culturales.

Para ellos, tratar de despertar a la conciencia social, era una "flagrante intervención en sus negocios." Así fue como empezó lo que para ese entonces entendíamos como "mala racha."

Nosotros le creamos una organización comunitaria. Ellos formaron una pandilla para contrarrestarnos.

Iniciamos nuestras actividades en un estrecho cuartucho que por la mañana era oficina y de noche dormitorio. Tanta inquietud causó nuestra presencia a los tunantes, que en poco tiempo, diseñaron un plan para hacernos abandonar la zona. Primero fueron provocaciones que pasaron a la acción. Después, golpes porrazos, tiroteos, roturas de cristales, y si Dios no me hubiese amparado, hasta roturas de huesos. ¡Ay mamá!

Aquellas peripecias de mal gusto mermaron mi entusiasmo en la estancia.

Solo y desilusionado opté por guarecerme en un refugio, donde al principio los desamparados tendían a confundirme con un orientador. Pero llegó un momento en que me confundí con todos los pobres. Comí y dormí entre ellos, con una sola diferencia, que al salir a la calle vigilaba tener la ropa adecuada para que los que me conocían no lograran saber mi nueva identidad. Al salir del refugio, me adornaba de prendas y usaba corbata. Buscaba la manera de no perder mi ecuanimidad. Sonreía al compás de mi necesidad, armonizado por una fe inquebrantable.

Una de esas tardes esenciada por el romanticismo de la época, cuando el sol se perdía entre las ramas de la arboleda, y la atmósfera sonreía a mi nueva vida, al mover los ojos a uno de los laterales de la calle que transitaba, lo encontré sonriéndome en silencio. Estaba acompañado de una hermosa mujer a quien oí que llamaron "Patty".

Él era el "desamparado."

Esa noche no pude conciliar el sueño. Pero podía escuchar la voz que me dictó la cátedra moral, con aquellas palabras de carga espiritual:

"La justicia divina se ha de manifestar en el hombre, para que en su libre albedrío sobrepase la experiencia al interactuar en la ilusión del mundo de corrupción y dolor, sin permitir que su corazón manifieste el deshonor de la destrucción.

No juzgues, para que no seas juzgado. Si Dios está en ti, no es necesario quejarse ni sentirse solo, ni en soledad ni en desamor. Ciertamente que el hombre ignora el poder que existe en él para crear la abundancia la salud y el amor. Prefiere asumir el rol de falso profeta que en el nombre de Dios ultraja, aterroriza, corrompe y hace flaquear la fe de aquellos que al creer en un dios externo, permiten ser esclavizados."

Todo me pareció extraño, pero a partir de ahí, descubrí que esa voz seguiría guiando mis pasos hacia una misión que me aproximaba cada vez más al desamparado.

El otoño nos sorprendió en el camino y los días nos iban enseñando nuevas vivencias, tan necesarias como el mismo transcurrir del tiempo. Así fue como nos fuimos adentrando a conocer la vida del "desamparado", expresión que nos fue muy curiosa al percatarnos de su asidua aplicación en la metrópoli.

Además, allí nos percatamos de algo que al tiempo que parecía impresionante, también era desconcertante. Quienes en verdad debían recibir la ayuda, eran quienes se mantenían mas distanciado de ella.

La razón era sencilla. En la metrópolis de aquel tiempo, las experiencias a los que ellos les llamaban "pecados" habían crecidos con los "pecadores", y quienes ocupaban una posición de poder desde donde estaban llamados a ayudar al necesitado, muchas veces tenían miedo o no les importaba.

Debido a que en cualquier institución siempre existían tras bastidores, como en el teatro, algunos personajes que dictaban las reglas del juego, y en su lucha por mantener el control político, o por complacer a sectores de la conciencia social, siempre estaban prestos a discriminar para luego fingir que estaban cumpliendo con el desarrollo de los objetivos que ofertaban, cuando no siempre era así.

El desamparado era un personaje distinguido y sorprendente entre los pobres del refugio. Era de piel cobriza y ojos cambiantes, recto como un soldado de caballería.

Su voz era aguda y dulce. Nunca se le vio empuñar una herramienta del vicio ni mostrarse en actitud negativa o agresiva.

Por su idiosincrasia, pocas veces podía pasar desapercibido. Otras tantas lo confundían con un trabajador de casos, y otros llegamos a pensar que era el coordinador del programa y le hablábamos como tal hasta que nos dimos cuenta que era uno mas de nosotros.

Era de muy pocas palabras, pero cuando hablaba, su interlocutor por dormido que estuviera, despertaba.

Aunque su voz era aguda, sus palabras eran tan suaves como terciopelo. Era un personaje de una belleza intrínseca, impresionante y atractivo, poseedor de una magia indescriptible que silenciaba a los ruidosos y aquietaba a los violentos. Sin embargo, él era cuestionado por los jefes, muy querido por los pobres, e infundía sospechas e inquietud entre los ricos.

En aquel lugar, fácilmente se percibían las huellas de los renglones de la humanidad, a tal grado que en un escalón podía verse un personaje de enorme estatura, que dictaba un discurso introspectivo y se reía, mientras los presentes ignoraban la causa.

Y después, en otro lado solía verse otro de reducida estatura, que debido a su fisonomía, más bien parecía un niño que lloraba y se rascaba, como despreciando su raquitismo, como también era fácil encontrarse con los asediados de espíritu, que al acostarse no podían conciliar el sueño y pasaban la noche peleándose contra un contrincante imaginario, o arrastrándose por el piso de la despensa, o con el negro que sin trabajar ni producir se quejaba de la calidad de la alimentación suministrada.

Y bien podían mirarse las paredes adornadas por un gato gordo y gozoso antes de fumar crack, y de otro flaco y destruido, después de drogarse.

Era fácil para un vigilante descubrir a un pilluelo que se atreviera a adormecer a un trabajador de caso, para hurtarle en su propia cara la tarjeta en blanco que le daba acceso a la alimentación, para negociarla entre la triste y paupérrima clientela.

Aquellos allí, funcionaban como el típico subsistema, donde una directora solterona se introducía en minifalda con un garrote, a tempranas horas de la mañana a despertar a los adormecidos desamparados, para tirarlos a las calles temblando de frío, hasta que volviera a ser de noche para que estos hicieran la fila para volver a firmar para obtener la cama que les garantizaría no dormir en la calle o sobre una silla, para poder tener de nuevo la oportunidad en la otra mañana de percibir el cuerpo de maniquí de la directora, para hacerse la ilusión silenciosa de una amarga felicidad que los llevaban a fornicar con sus cuerpos.

Y lo hacían unos pensando que aquella abnegada señora era su esposa, no su madre o su tía, o una prima cercana, que pasado el momento, le reafirmaba una eterna depresión que los hacía virar latas, asaltar o mejor dicho, robar, para seguir drogándose. Pues si bien se entiende, los desamparados por su condición de extrema pobreza, muy pocas veces eran tomados en cuenta o escuchados a la hora de tomar cualquier decisión.

Algunas veces eran más los fondos asignados a la publicidad para promover lo que supuestamente hacían que los servicios que realmente ofrecían y recibían aquellas carroñas vivientes, que no eran más que víctimas pre-condicionadas por la demagogia de politiqueros al servicio de la hipocresía y el egocentrismo que inducía al dolor humano.

En los últimos años de esa existencia terrenal, por allá por mi penúltima reencarnación, mientras transitaba envuelto en harapos y con una bolsa de chucherías adherida a mis espaldas, volví a verlo acompañado de aquella hermosa mujer de piel rosada, nariz perfilada y piel de "gopi." Se llamaba Patty Anderson. Una beldad ataviada de una dulzura angelical que la hacía diferente a la mujer tradicional, porque como a él, también a ella le sobresalía de la piel un brillo y un aire de grandeza y pureza, atribuido a seres intergalácticos.

Además ella cantaba como un ruiseñor y procedía de una familia aristocrática que se opuso con "uñas y dientes" a que ella se relacionara con aquel desconocido a quien sólo conocían como "el desamparado". Pero que al mismo tiempo encerraba un misterioso secreto que había sembrado en ella una paz y una comprensión irresistible que la indujo a un matrimonio apresurado por encima de la voluntad familiar.

Aquella actitud asumida por ellos, sembró la impresión de que realmente habían sido almas gemelas encarnadas en polos opuestos, para que se cumpliera el mandato de "amaos los unos a los otros."

Fue así como, Patty, tocada de la gracia divina, sería la base virtuosa de la gloria terrenal de "el desamparado". Por lo que no hubo causa ni circunstancias que la hicieran desistir. Tal como surgió el amor que los condujo a unirse, así habrían de permanecer imperecederamente unidos, hasta el momento que su eternidad se manifestara en el plano sublime que les correspondía, sin dejar rastro terrenal para que se cumpliera la expresión profética de que "lo que Dios une no sea separado por el hombre".

En ese entonces, yo transitaba abochornado. Aunque antes, los amigos llegaron a seguirme como a un líder, en esa ocasión me habían abandonado. Se dedicaban a criticarme, a reírse de mi caída y a fraguar planes para humillarme a tal grado que yo no encontraba donde esconder la cara.

Un día, aquel a quien llamaban el "desamparado" se detuvo frente a mí en un carro del año, de la marca más costosa.

Me pidió que entrara y me sentara en el asiento trasero, sin importarle mis harapos. Me llevó de compras y me regaló un traje ataviado de camisa y corbata y un par de zapatos que me daban el porte de un caballero ejecutivo.

Mi bienhechor se mantenía limpio y radiante. Siempre llamaba la atención de los transeúntes porque su carisma era cada vez más atractivo. Después me consiguió un trabajo y me introdujo a la mujer de la que siempre había soñado. Nunca antes en ninguna de mis existencias terrenales anteriores, había yo logrado tanta felicidad.

Era tanta la emoción y las sorpresas de ese entonces, que al no tener más nada a qué aspirar, desencarné. Después de haber guardado el cuerpo que en esa vida guareció mi ser, no pude estar tranquilo, porque sentí y vi que había vivido asediado por el egoísmo sin pensar en el prójimo cuando lo tenía todo.

La conciencia persiguió al espíritu, y el alma había grabado todas mis vivencias anteriores, pudiendo mi ser contemplarlo todo desde el plano sublime.

Me sentí culpable porque en mi libre albedrío "no viví para servir, por lo que sentí que no servía para vivir". Había dejado inconclusa la misión, donde la humanidad necesitaba más de mí porque no había logrado superar la envidia, ni la violencia, la corrupción, ni el egoísmo. Además había perdido la visualización de la fe.

Llegué a ignorar qué amaba más, si la guerra, o la paz. Pues, para mí, la paz no era simplemente la expresión del deseo. Era la combinación de la justicia y la solidaridad entre los hombres. Por eso de que cuando el hambriento se desequilibra no piensa en las ofertas, sino que ve las realizaciones y desprecia el uso inadecuado de la opulencia y maldice su indigencia, mientras clama por justicia social.

El hambre, como impulso fisionómico, lo induce a filosofar expresiones que provocan muy malos entendidos, porque también el dolor contribuye a crear conciencia, y a los que se les creyó dormidos amanecieron despiertos y cuestionando en voz alta: "¿Dónde están los justos, cuando en verdad los canallas ocultando sus colmillos de lobos investidos de poder, se disfrazan de corderos y administran la ley ultrajando la dignidad de los sectores minoritarios? ¿Serán justo los parricidas que disfrazados de ángeles han pretendido ocultar sus instintos de demonios para exterminar la paz de aquellos que claman por justicia?"

Los niveles de conciencia que han logrado alcanzar los condujo a encontrar las respuestas de sus interrogantes gestaron un proceso organizativo contra el racismo y la discriminación, y contra la injusticia, marchando todos unidos por la paz.

Y juntos elaboraron las consignas que unos tantos no querían entender, pero que tampoco podían controlar.

Se le oía predicar en nombre de la humanidad que aquellos que no velaran por el pan y la educación de las minorías, recurriendo a la justicia social, no podrían garantizar la paz de quienes en su nombre se habían enriquecidos.

Los opulentos aterrados por la expresión del montón los percibieron como una amenaza. Pensaron que eran anarquistas y los representantes del Dios de los que se quejaban de la conducta de los que clamaban justicia, creyeron que eran ateos.

Ante aquella terrible confusión, trataron de encontrar un culpable entre los que no tenían con que defenderse. Pensaron y culparon al desamparado, ignorando que aquel cordero inmolado fue la luz antes, siempre y después, y estaba facultado e inspirado por el único Dios de todos, para que elevara la voz en la tribuna, por los que necesitaban la solidaridad de aquellos que lo tenían todo.

Ciertamente cada pobre tenía su historia personal, y Goyito Germosen, "el grillo", no era ajeno a esa realidad, y con lógica razón, porque aquel tunante recientemente acababa de egresar de una de las cárceles de la metrópolis, por su enfermiza adicción a una droga que en ese entonces denominaban "crack."

Algo así como una de las sustancias más peligrosa, desastrosa y mortales, que adelgazaba como a gatos huesudos a los consumidores, y en esa condición se mantuvo aquel, con un descontrol propio de los que asumen la consecuencia de su causa, siendo necesario que lo ingresaran a un programa de control denominado "metadona".

Allí se le aplicaba una droga medicada para vencer el hábito, pero cuyos resultados podría describirse en la expresión de que "la sábana resultaba más costosa que la enfermedad". Debido a que entrada la noche "El grillo" no dejaba dormir a nadie, empezando a arrastrarse por el piso, gritando y vociferando como una madre que recién había perdido a su bebé, o como un alma en pena, de aquellas que peleaban con sus conciencias.

A ese nivel de desesperación lo había conducido la adicción, al grado que todos pensamos que había enloquecido.

—Nadie puede ayudarme, nadie quiere ni puede —decía.

Y lo cierto es, que nadie estaba en esa facultad, porque ni los tranquilizantes fuertes le permitían dormir. Esa vez el desamparado se le acercó, lo miró fija y profundamente y le dijo:

—Dios quiere, y puede hacerlo, arrepiéntete de corazón y tu vida dará un giro inesperado.

Esa noche sucedió algo que dejó cabizbajo a todos los del piso, y ninguno pudimos olvidar lo acontecido después de esa expresión, al "grillo" le cayó un letargo seguido de un profundo sueño.

Había quedado como hipnotizado. Una semana después abandonó el programa.

Misteriosamente perdió la adicción, engordó y se limpió.

Desde ese entonces fue liberado del tormento, y predicó que Dios lo salvó. Fue de congregación en congregación dando su testimonio.

Un tiempo después lo encontré casado y al saludarme me expresó:

—Gracias al único de los que transitaron por allí, que andando en el lodo nunca se ensució, gracias a aquel que por amor fue a los desesperanzados y reafirmó su fe, gracias al desamparado, ahora soy feliz.

Dos hermosos niños se abrazaron de sus rodillas. Una hermosa mujer a quien le brotaba la felicidad de la piel, se le acercó diciéndole:

—Vamos, amor, nos esperan.

Ambos me ofrecieron sus sonrisas, mientras se despedían. Ahora después de pactar con el Dios de mi ser otra reencarnación para narrar a la humanidad, el regocijo de mi alma, ante la bondad de aquel desamparado que cargado de amor y solidaridad con el prójimo, siendo dueño de todo se introdujo entre los que nada tenían para aportarle aliento y compartir su dolor, sembrando la semilla de la esperanza.

Ahora me elevo con mi cuerpo, naciendo en la vida eterna al lado de aquel que teniéndolo todo, se mostró como desamparado.

Carta de Luz y Paz para la Humanidad

Aunque algunos no quieran creerlo, y otros se nieguen a admitirlo, lo que voy a contarles es algo que aunque le parezca jocoso, se fundamenta en una lógica que debe considerarse.

Cada dos mil años la humanidad se renueva y la generación que la integra se ve precisada a atravesar por acontecimientos sorprendentes.

El siglo veinte como otros siglos fue una época de pruebas, para que voluntariamente el hombre escogiera entre la luz y las tinieblas, entre la vida y la muerte, entre la guerra y la paz, entre el cordero y la bestia. Yo era un alma encarnada en ese entonces, y vivía confundido e indeciso.

Y para que entendiera que mi trayectoria en la tierra dependía de la voluntad del padre aquel que pudo resucitar y elevar a los cielos a su hijo de obra y gracia. Habiéndoseme dado la libertad de un libre albedrío, donde yo caminaría por el camino de mi parecer.

En esa transición de pruebas, anduve por la senda de los más viles y maliciosos de los hombres, y lucharon conmigo al extremo de casi arrebatarme la vida, a fin de que me convirtiera a su fe, y no pudieron.

Después anduve en compañía de perversos reaccionarios, de los que odiaban hasta en el último rincón del corazón a los que propugnaban por la solidaridad y el desarrollo a través de integración comunitaria, y tampoco pudieron convertirme a su fe.

Entonces cargados de rencor, los espíritus que obraban al servicio del enemigo, impregnaron el odio y el desprecio contra mí, en la consciencia de aquellos que me amaban, motivando que ellos se alzaran y me despreciaran.

Los ángeles de luz me vigilaban en la distancia. El padre no los dejaba intervenir porque yo estaba en mi libre albedrío.

Luzbel había desafiado al padre, diciéndole que haría de mí un misionero caído, que carente de fe correría de la luz hacia la oscuridad. A partir de ahí, grandes y terribles pruebas me llegaron.

Todas las cosas materiales escaparon de mis manos, y nuevos y pesados elementos se sumaron a mi misión profética y he aquí las replicas que hacía a quien en el pasado compartió mis penas y mis alegrías:

—Muy señora mía, en el tiempo y la distancia me satisface extender mis saludos. He sido desprendido de mi prole, odiado y evitado por usted, calumniado y maltratado por quienes la han rodeado y asesorado, y a pesar de los pesares, ni la aborrezco ni le guardo rencor, aún a sabiendas de que obstruyó el roce y cariño que reservaron los abuelos de la paternidad, tampoco la desprecio.

Sin embargo, habrá de resultarme gratamente agradable recordarle, que engendré y tutelé a los que usted acogió y guareció en lo profundo de su entraña.

Por lo tanto, aunque el sistema la patrocine, no es justo que mendigue mis derechos. Despierte y abra la puerta de su conciencia para que por su conveniencia, no cometa una indecencia.

No refuerce la intención de los tiranos, trastornando los derechos de su prole. Permita que ellos se acerquen y me miren, que me hablen y me mimen—.

Ella guardó silencio. Se ocultó, se casó y no le importó mi dolor, y tras el dolor nacía una flor, y una efímera alegría.

Después discurseé a la populación de la nación en la sonoridad de mi voz:

—Señoras y señores, hermanos todos, les envió una flor para expresarles mi intención, y tras el dulce silencio, les escribo para que sepan que no los olvidos, y aunque desde el último encuentro he estado saboreando los tormentos, que como en complicidad me han azotado. No menores tormentas me han soplado.

Las glorias materiales se han suspendidos y las aspiraciones confundidas. No bastando lo que les dije, me atreví a agregar: Mi expiación se prolonga, cuando creo salir de una, reaparece la otra. Pero todo esto que parece malestar, es como un ejercicio para la fe, y entonces se refuerza mi esperanza de que heredaré la tierra, y habitaré el paraíso.

La fuerza, el poder y la luz de Dios mora en mí. Siendo Dios la razón, la sabiduría, la verdad, el alfa y el omega, la estructura del ser, entonces yo soy el que soy a imagen y semejanza del que es, con la capacidad de disponer, consumir y hacer todo lo que debe ser.

Soy dueño y creador de mi asignación, y aún cuando he decidido la experiencia de rampar en el polvo de la tierra, soy portador de esperanza porque la misericordia tarda, pero siempre llega.

Los poderes terrenales son triviales, los bienes son pasajeros pero la bondad y la sabiduría del ser son imperecederos.

Sin miedo alguno podemos reafirmar la expresión que el padre reveló al sabio: "Todo es vanidad de vanidades".

Punto cero se expandió en el vacío. Se contempló a sí mismo y hubo una explosión de luz, generándose el proceso creativo. Dios es el principio y la eternidad. Es ilimitado, es causa y efecto.

Cuando pretendí continuar la definición de Dios, aquella creación que los terrícolas llamaban Luzbel o el enemigo, enceguecido por los celos, la envidia, la soberbia y el rencor, azuzó a sus alimañas para que me confundieran y me desesperaran hasta hacer flaquear mi fe.

En mi debilidad fui arrastrado, confundido y azotado. Me vi rodeado de las más suculentas doncellas que juraban amarme al grado de entregar sus vidas por mí.

Aquí estanqué mi recorrido, sintiendo que la fe me dominaba hasta que llegué a tomar de las aguas de sus pozos y al saborearla descubrí que no eran cristalinas y las fui viendo turbias.

Parecía que el destello de las tentaciones nunca podría surtir efecto en mí, hasta que disfrazado de cordero se presentó la bestia. El amo de las vanidades adornado de brillantes y doncellas de glúteos a la intemperie y pezones forrados de oro, que inducían al placer desorbitado, me sentí abandonado, sin un rumbo fijo.

Aquí me adentraba a la gloria o al abismo, y no puedo negarles que me sentí tentado.

Es que el hombre nace inclinado a lo que en este mundo llaman pecado. Cuando me llevaban sonámbulo, tomado de las manos, dormido, carente de conciencia, el camino se me confundió.

Desperté de un salto. Allí en medio del camino, me arrodillé como si estuviera postrado ante un altar, aferrado de una de las manos y del brazo del Dios de mi ser. Pensé en medio de la convulsión, ¿saldrá el sol?... pero la oscuridad insistía con pretensiones de obstruir las intenciones.

Sin embargo, el padre que fue, es y será, antes, después, y a través de la eternidad, evitará los planes macabros y sangrientos de la bestia porque el Dios de mi ser prometió redimirme en el género humano y para ello, siguió de cerca la entrega que hiciera el padre del hijo primogénito, quien cargaría el peso de la culpa, para que todo lo que era pecado, se convirtiera en experiencias que reforzarían el conocimiento necesario, que como una daga rompería la barrera del tercer sello, expandiendo la puerta de la evolución sin obstrucción hacia el séptimo plano a donde habita la totalidad del ser.

Fue entonces cuando surgió la promesa de la segunda venida, donde la humanidad renovaría la esencia del saber y alcanzaría un mayor grado de conciencia que le permitiría superar los escollos que durante millones de años la había sumergido en los niveles de conciencia y realidad limitada.

Para esa segunda venida el hombre estaría llamado a superar la violencia, la envidia y la maldad. En cambio experimentaría el verdadero amor, la imperecedera paz, la mayor comprensión, la solidaridad, y la auténtica hermandad.

De pronto, frente a frente al farsante, aquel que desafiando al padre intentó tergiversar la verdad para confundir y esclavizar a la humanidad, se encontró con el ángel de luz que lo enfrentó y luchó por mí, no sin antes decirme: "Quien nació limpio, permanecerá limpio".

Blandió la espada en el aire y cercenó de una vez y por todas, los intentos macabros de aquella bestia horrorosa, quien se veló a sí misma ante la luz, pretendiendo expandir la oscuridad.

Había vencido el ángel de mi guarda, despertando mis chacras en el Dios de mi ser.

Mientras, se abrió mi glándula del timo e inmediatamente fui abrazado por la juventud, viendo como se rejuveneció mi cuerpo, mientras hacía conciencia de la eternidad de mi espíritu. Entendí que yo había nacido resguardado por el Dios de mi ser y nadie debía ni podría confundir mi tránsito a la luz…

LA MUJER DEL
MUERTO

Aferrada a un recuerdo imborrable la viuda removía los cimientos de un pasado latente, y ahora pensaba en las últimas vacaciones que habían pasado juntos en las afueras de la ciudad, en los preparativos que desde allí planeaban para su viaje a Europa para seguir disfrutando el fruto del trabajo y las hazañas de la vida.

De pronto, de sus ojos color miel brotó un torrente de lágrimas que la inundaron toda.

El motivo real eran reminiscencias cimentadas en las palabras de advertencia que don Rodó le expresó un mes antes del descenso:

—Negrita, si yo me muero primero que tú, cásate, porque si eres tú la que mueres, yo me voy a casar —solía decirle, como si presintiera su partida.

Y allí estaba ella desconsolada, tirada sobre la cama, sumida en un llanto profundo.

—¿Por qué? — se decía—. ¿Por qué fuiste tú y no yo, cuando tu ausencia paraliza mi vida? —decía en una aureola de lamentaciones, llorando hasta agotar el llanto.

En más de una ocasión, cuando fue asediada por estos ataques depresivos, solía permanecer dormida hasta las primeras horas de la mañana, cuando volvería a enfrentarse nuevamente a los deberes cotidianos, y en medio de sus recesos, mostraba a sus amigas y conocidas, las fotos conyugales que se habían tomados en esos años de felicidad. Pero lo más curioso era el estilo y la postura que asumía al momento de la demostración.

—Mira, él era mi marido —decía, y las fotos circulaban de mano en mano, entre costureras y planchadores de la fábrica, porque la viuda amó tanto a su difunto esposo don Rodó, que aún no sabemos cómo fue que no le edificó una estatua, mientras le reclamaba a Dios la partida.

En verdad, ella era de las pocas mujeres que se aferraron a sus difuntos esposos en esos tiempos de flagelación y tormentos, que no llegó a notar cómo los familiares en su dolor transferían sus bienes a sus cuentas personales, "haciendo leña del árbol caído".

Ahora ella, después de la ruptura material de aquel ambiente de viajes y regalos que le significó su difunto, como un desafío a la miseria gris que la asediaba, mientras Dios decidía en cuanto millones valoraría a su muerto. Ella trabajaba en una fábrica de ropa, rodeada de concubinas, solteronas y planchadores que contribuían a palear su aberrante soledad.

Habían pasado cinco años desde el accidente de don Rodó. Durante ese tiempo, no hubo más que una especie de aproximaciones que ni siquiera podrían ser catalogadas como romances efímeros, porque ninguno se aproximaba a lo que era la fisonomía del difunto, por lo que ella solía decirles a los compañeros de trabajo que osaban declararse enamorados, llena de orgullo y casi voceando:

"Si la carne no ha estado en el garabato, no será por falta de gato". ¿…quién le va a hacer caso a esos garrapatosos?

Y otras veces, cuando los atrevidos de su habitad le reclamaban un favor sexual, de igual manera les respondía:

"Yo no como donde vivo, ni defeco donde trabajo."

Todo con la intención de expresar que no se involucraba con vecino, ni compañeros de trabajo. Sus familiares y amistades llegaron a pensar que el difunto Rodó, jamás tendría sustituto, pero más tarde lo dudaron cuando se enteraron de que una noche en una fiesta alguien le había asustado el corazón.

Se llamaba John Casanova, joven coqueto, simpático y risueño, con una personalidad etiquetada, pero sin un cinco en el bolsillo. Inicialmente, la viuda pensó que todas sus necesidades cesarían. En poco tiempo se juntaron.

Pero como siempre no faltaron chismosos que pensaran que aquella sería una unión más de conveniencia que de amor, y aunque la viuda cifraba sus esperanzas en que sus necesidades económicas se mejorarían al juntarse con John Casanova, no fue así. Porque aunque su nueva conquista aportaba algo, ella siempre aportaba más.

Sin embargo, no todo era oscuridad porque como lo decía el refranero: "Escoba nueva barre bien." Si el hombre no encuentra la comprensión en la cordura, menos experimentará la paz en el fanatismo. Porque estando cuerdo se alcanza la reflexión y el equilibrio y siendo cruel y fanático se naufraga en la ceguera y en la ausencia de luz.

De John Casanova, además de haberle asustado el corazón en ese primer encuentro, también se decía que en la cama la hacía llorar de placer. Según las malas lenguas, dizque hubo un tiempo en que la viuda estaba convencida de que el difunto se posaba sobre aquél para hacerla vibrar.

Todos esos momentos de gritos de alegría, se fueron confundiendo con el tiempo y la viuda se fue tornando insegura, calculadora, solidaria y nerviosa a la vez.

En una ocasión, en que salieron juntos, mientras la viuda entraba en una tienda y John Casanova la esperaba en la acera, se desplazaba una hermosa doncella que no era indiferente y John con un gran esplendor de cortesía se atrevió a saludarla:

—Adiós, bella —le dijo.

Ella con gran jocosidad, le respondió el saludo y le expresó:

—¡Hola corazón!

A lo que John le agregó:

—Eso está bien, es gratamente agradable saber que estoy latiendo en tu pecho.

Ella sonrió y siguió andando. La viuda inesperadamente salía en ese momento. No pudiendo evitar escuchar el coqueteo, no dijo nada. Pero no podía disimular su malestar.

Aquella relación comenzó a decrecer en el amor. John Casanova también comenzó a desconfiar. Llegó a pensar que él era tema de conversación en las reuniones clandestinas de la viuda y sus amigas.

Y cuando se reunía con la familia, sin arrepentimiento alguno y como un desafío, solían elogiar las virtudes del difunto por encima de la de él, a la vez que clamaba a Dios el pago de su muerto, buscando reimplantar con el dinero la felicidad perdida.

Cuando ella se enojaba, solía decir sin inmutarse, como si buscara la atención de John Casanova:

—Con amor no se va al mercado.

Y aunque el Casanova solía disimular, estas expresiones tan agudas realmente lo exasperaban, porque no podía entender cómo la vida lo había arrastrado a rodearse de algo igual. De todos modos, él pensaba que la viuda era buena persona, sin dejar de ser posesiva.

Realmente, John Casanova amaba la libertad y los buenos modales. Muchas veces, pensó abandonarla sin discutir, pero debido a su precaria situación económica se aguantó porque al parecer uno y otro estaba atravesando por el dilema de dependencia mutua, porque juntos se hacían la vida más fácil.

Un año después de aquella unión, John Casanova se proclamó héroe al soportarla, sin encontrar camino para huir. La viuda por unos momentos se mostraba amable y cariñosa, y en ocasiones poseedora de una soberbia propia de la ignorancia. Pues llegó a asumir postura cínica y mordaz, como si más que su amiga fuera su enemiga. Casanova pensó que en vez de amarlo, ella lo odiaba.

Estos pensamientos se fueron confirmando cuando ella había empezado a saltar sobre él; sin poder evitarlo, ese instinto maligno de violencia había tejido en él una consternación que lo inducia al dilema de que era lo más justo, y se decía a sí mismo: «No sé qué debo hacer ante los actos de manipulación de esta mujer. Si me defiendo tendría que ponerme en el lugar de su violencia, y si no lo hago, podría agredirme». Así reflexionaba.

Esta contradicción lo desilusionaba. No sin dejar de intuir la compresión a través de exhortaciones suaves. Ella, ante el mensaje de amor y reconciliación se derrumbaba interponiendo un llanto de arrepentimiento.

Así, pasaron mucho tiempo. Hasta que volvieron a refugiarse en la mentira. Se ocultaban todas las vanidades hasta que uno y otro, perdieron la confianza. Cuando la viuda recibía una suma de dinero, le hacía creer a John que era menos.

Sin embargo, John era muy astuto y siempre sabía cuando la viuda le mentía y cuando estaba diciendo la verdad. La viuda había desarrollado la habilidad de enterarse en qué momento John tenía algún dinero acumulado para hacerle creer que ella no tenía, y así gastar lo de él, mientras guardaba lo suyo.

John se había enterado del juego. Por lo que empezó a tomar precauciones, tratando de aprender más sobre el carácter de la viuda. Así fue como pudo sobrellevar su estancia al lado de aquélla, sin mayores altercados. Y entendió, como Hoffer, que "el deseo intenso crea no sólo sus propias oportunidades, sino también, sus propios talentos".

La primavera se anunciaba con el trinar de las aves. La vida se había tornado monótona. Unos disparos en la calle alertaron al vecindario de que Nueva York seguía despierto.

Mientras John pensaba:

—La sensibilidad espiritual me llevaba a ser lo que debía ser en el momento que lo estaba siendo.

No todos los que me rodeaban podían descifrarme, la sombra de la incomprensión, solía nublarle la conciencia, y con un ímpetu de coraje solía decirle en alta voz para que se me oyera:

—Yo soy el que yo soy, y soy como soy.

De ese modo me expresé con una fe de naturaleza celestial.---- Arguia John en su pensar, como si planeara la novela que deseaba vivir.

La viuda era de mediana edad, sin hijos, pero anhelaba ser madre aunque fuera por adopción. Ella lucía más joven de la edad que tenía, y aunque la gente pensara que cuarenta y siete abriles era la antesala de la vejez, por su parte ella pensaba diferente y creía que era el principio de un segundo nivel de existencia en su vida terrenal. Por lo que no escatimaba esfuerzo para obtener las más costosas líneas de productos de embellecimiento que la ayudaran a mantener confundidas a las arrugas que la amenazaran con envejecerla, llegando muchas veces a niveles de sacrificio :

—El que quiere moño lindo tiene que aguantar jalones

—se le oía decir con cierta frecuencia buscando justificar su idiosincrasia.

En su lucha contra el tiempo, la viuda tenía muy presente que las lágrimas más tristes que humedecían la tumba del difunto, eran por las palabras que nunca se dijeron, y aquel silencio mordaz que alguna vez en vida se exhibió, solía apesadumbrarla en su presencia. Por eso al recordar a Rodó, no podía evitar que se le humedecieran los ojos.

De hecho, existía algo en ella que hacía la diferencia, y era que podía estar pasando el más deplorable cansancio y si la invitaban a pasear o a fiestear, ipso facto estaba de pie, como el ave fénix, reconstruida de su propia ceniza.

El hecho de que vista de frente no aparentara su edad cronológica, le aportaba un aire de juventud, que combinada con su estatura le daba un porte de una señora de un carácter energético, elegante y variable. Porque, también, solía mostrarse dulce, generosa y amigable. Virtudes estas que se enterraban cuando fluían sus niveles de altanería y soberbia. Que precisamente solía desahogar en los hombros de John Casanova, que aún permanecía a su lado y a quien había aprendido a apreciar en los momentos de alegría y a despreciar en sus arranques de amargura.

John Casanova, cinco o seis años menor que ella, poseedor de virtudes y defectos como ella, había llegado a su vida por destino.

En los tiempos en que las adversidades lo asediaban, era promotor de chicas bellas y administraba concurso de belleza, que por desventura se había visto precisado a abandonar por la intervención de una pandilla, que había empezado a manifestar celos incontrolables, queriendo controlarlo, a fin de que las chicas del concurso empezaran a salir con ellos.

Habiéndose negado John, empezaron a realizar operaciones de venta de drogas en el pasillo que daba acceso a la oficina del concurso.

Siendo John testigo ocular de una de esas necedades al encontrarlo una tarde en plena operación, al momento de una transacción, negándole Casanova derecho a proseguir, le habían, propinado un golpe en plena cara, que lo indujo a una rebelión, respondiéndole aquel, a la agresión, de la misma manera, y agravándose, el acto de violencia debido a que el agresor había quedado postrado como un Cristo en la calzada, sin poder incorporarse, ya que John optó por propinarle patadas y trompadas.

Este acto motivó que cinco más se incorporaran a la trifulca y rompiendo botellas lo rodearan.

Algo raro había sucedido en ese momento, debido a que

John notó que una sombra gigantesca se había posado en su cuerpo y lo había ayudado a enfrentar con éxito a los facinerosos, a quienes había vencido con la mayor facilidad con golpes de karate, patadas y trompadas, sin que aquellos le tiraran un golpe hasta que él no estuviera preparado para bloquearlo, resultando desarmados todos y golpeados.

Sin embargo, cuando John Casanova creyó que todo había concluido, haciendo huir al último de sus atacantes, que le había tirado con una silla, y a quien desarmó con un golpe de yudo, entró a la oficina muy quitado de ruido, cuando uno de ellos que había corrido a armarse, disparó rompiendo los cristales de la puerta que habían quedado dispersos en la confusión, pero del que Casanova, había resultado ileso.

Estos acontecimientos dieron un giro radical a la vida de él, llevándolo a la ruina. Sin seguro en el negocio se vio precisado a refugiarse en casa de la viuda, la cual prestamente solicitó los servicios de un cuñado dueño de la transportación que con el mayor gusto trasladó la mudanza de John de Manhattan a la frontera Brooklyn, Queens, a donde residía la viuda.

Ella cifrando sus esperanzas en él, desde el principio, intentó ayudarlo sin mayor prerrogativas, debido al extraño misterio que rodeaba a quien parecía que sería el sustituto del difunto, y quien por más que se esforzara en adquirir éxito económico al lado de la viuda, mayor dificultades se le daba para eso, al grado que los parientes de ella, empezaron a irrumpir en su vida personal.

Llegaron a pedirle, que se fuera de ella por tres meses, para determinar a quien correspondía aquella mala racha, interferencia que por cierto había herido y molestado gravemente a Casanova en su amor propio.

La viuda era del tipo de mujeres que el amor que reservaba para los hijos que nunca tendría, lo había, dispuesto para los familiares, específicamente para los sobrinos. Lo que resultaba fácil que se entendiera, primero el honor era para ellos, y si algo sobraba para ella, sin que para nada influyera aquel mandato bíblico: "Dejarás padre y madre y te unirás a tu marido y serán dos en uno." No, por ese lado ella estaba condicionada a contradecir el mandato.

Todos estos malos entendidos fueron creando un clima de incertidumbre entre ella y John Casanova, que había depauperado aquella relación a los niveles que el poco tiempo que siguieron juntos, lo vivieron en un ambiente de beligerancia, dándose una tregua para intimidar, que acababan rompiendo inducidos por el egocentrismo, el orgullo, las ofensas, la duda y la soberbia.

La viuda no daba un paso que no consultara a los parientes, considerando a John como marido, tal y como conviniera a sus ambiciones personales, sin embargo esto había contribuido a que John se tornara cada vez más sagaz y suspicaz, llevando a descubrir las acciones planeadas por ocultas que ella quisiera mantenerlas.

El invierno se adentraba a la atmósfera, haciendo descender las temperaturas. La viuda seguía aportando más que John, en el sustento del hogar. Lo que ella no podía concebir como válido por condición y por conciencia debido a que ella procedía de una cultura patrilineal, donde el hombre trabajaba para cubrir las necesidades generales del hogar.

Por lo que ella no quería entender eso de que tuviera que aportar el mayor incentivo económico en el hogar, cuando tradicionalmente era el deber del hombre.

Ella se había vuelto alérgica a esos tipos de cambios, dando pie a que las murmuraciones y humillaciones no cesaran viniendo a agudizar la incomprensión.

Parecía que nada diferente pasaría, hasta que la viuda fue notificada de la llegada de una carta legal donde "Dios" ya le había autorizado el pago de su muerto; la demanda había prosperado.

A partir de ese momento como se hacía notable la intervención indirecta e interesada de los familiares, quienes a espaldas de John fraguaban la manera de que la viuda se olvidara de él, y concluyera, lo que ellos consideraban una " desventajosa relación", que en nada los beneficiaría, si John no abandonaba la casa antes de que llegara ese dinero.

Ellos pensaban que la ausencia de John despejaría el camino para los planes de manipulaciones ya pre-establecidos.

La verdad era que la viuda podía estar en las mejores condiciones económicas por los bienes activos que había heredado del difunto. Pero que debido a la debilidad que siempre había mostrado frente a esos familiares que más que necesitados, eran calculadores, se había dejado despojar de todo, quedando en la incomodidad de tener que volver a empezar para ganar el pan con el sudor de su frente, y a su edad, ya le era un poco difícil. Porque si poseía la energía, para divertirse, no era así cuando tenía que trabajar.

Se victimizaba, vociferaba y se quejaba tan grandemente, que bien pudo haber sido escuchada en el cielo.

Ahora le había llegado la oportunidad de reivindicarse nuevamente. Los parientes andaban como sabuesos. Buscaban la manera de alejar a John sin la más mínima diplomacia.

Así, sin oposición, resultaría más fácil la manipulación, sin oponente que les impidieran manejarla según quisieran.

Por ventura, John había descubierto a tiempo lo que planeaban. Tenía la corazonada de que algo no andaba bien.

Ellos hipócritamente en presencia de él fingían todo lo contrario.

El viernes seis de enero, dos años antes del nuevo milenio, la viuda recibió una esquela del escribano legal que la representaba en el reclamo civil referente al difunto, donde le confirmaba que en los próximos meses recibiría el monto asignado a su reclamo.

La información recibida incrementó la vanidad de la viuda, debido a que estos trámites ella los venía haciendo a espaldas de John, a pesar de que él estaba enterado de todos los movimientos. Ese día le hizo creer que iba a buscar empleo, por que la habían cesado del trabajo. Sin embargo, el verdadero propósito era juntarse con la familia para el análisis de la referida misiva.

John había aprendido a conocerla y podía determinar por la actitud asumida por ésta, que algo diferente a lo que le decía, se traía entre manos, y sabiendo que en más de una ocasión había sido desconcertado, no creía ciegamente en ella.

Al constatar con los parientes sabiendo él, por el tono de voz que le mentían, negando que ella estuviera con ellos, se dirigió a la casa de una de las hermanas, mientras la viuda se ocultaba en los aposentos para justificar la mentira acompañada de la complicidad.

Él sabía que los presentes no eran del todo sinceros. Entonces fingiendo retirarse, se despidió con apretón de manos, saliendo de la estancia. Se alejó con cautela. Cuando hubo caminado una distancia prudente, fingió tener que regresar, descubrió que la hermana de la viuda se estaba asegurando de que él se alejara de la escena, para que si la viuda salía de su escondite, no fuera descubierta.

Despuntaba el invierno, tiernamente, pero el sol se sentía tibiamente, habiendo John, caminado un pequeño trayecto, descubrió que había olvidado sus guantes, ya tenia una razón para volver, y a seguidas optó por regresar. Cuando él estaba próximo a la puerta, Ibes, la hermana de la viuda que estaba percatada de lo que acontecía, intentó dar aviso a la viuda, de que John regresó nuevamente. Ella corrió a la sala, diciendo con premura:

—¡Corre! Ocultaste de nuevo que John se ha regresado! A la viuda le falló el intento cuando quiso volver a ocultarse, ya John la había sorprendido. Ibes, que así le llamaban, se quedó pasmada, boquiabierta, estatizada, con los ojos casi brotados, había dado un giro para alertarla del regreso de John.

Este, corriendo tras ella, al llegar a la sala de estar, descubrió que la viuda había vuelto a adentrarse al aposento, dejando evidencias visibles de su presencia en su intento fugaz no se pudo llevar la chaqueta que vestía esa mañana, la había dejado sobre el mueble.

—Es increíble que se hayan hecho magos de la mentira. Cómo es posible que estando aquí, la oculten con tanto descaro —dijo John, con cierta decepción.

Agarró entre las manos la chaqueta de la viuda y se encaminó a las habitaciones. Allí estaba ella desenmascarada.

—¿Oh, eres tú? —externó, haciéndose la desentendida.

—¿A quién esperabas, al vecino? —exclamó John, siguiéndole el juego.

—Vengo de ver un trabajo, y pasé por aquí —agregó la viuda.

—No te hagas. ¿Qué ganas con mentirme? Sé que desde que saliste de la casa estás refugiada aquí. Yo sé todo lo que tengo que saber, en el momento que debo saberlo —dijo, mientras se encaminaba a la sala con una sonrisa amarga.

Miró el rostro avergonzado de los cómplices y les dijo:

—No mientan frente a sus hijos porque cosecharán lo que siembren —expresó, mientras salía.

La viuda realmente había cambiado y John había empezado a considerar nuevamente su retirada.

La viuda había tenido grandes oportunidades en su vida. Sin embargo, sus parientes siempre se percataban de hacerla depender de ellos, así tenían una mayor fuerza para influirla en cada decisión.

Por lo que ésta a pesar de ser una mujer de fe, parecía rendirle más culto a la materia que al espíritu. Ella ignoraba que la materia en ausencia del espíritu era como un fogón sin luz.

Eso fue para ella un hecho de incredulidad; algo que había percibido el último verano en que anduvo con John.

Habían ido a Rockaway, una de las playas de Queens que más bien parecía desafiar a la naturaleza por el ímpetu en que batía sus aguas. El sol se había ocultado y las olas se tornaban cada vez más bravas, al grado de que ningún bañista se atreviera a ir más allá de la orilla por temor a ser arrastrado.

En cambio, John se metió al agua con las palmas de las manos hacia arriba y orando en silencio, como si buscara comunicarse con Dios, cuya sorprendente respuesta ante el intento fue la calmada mansedumbre de las aguas, quedando los presentes sumamente sorprendidos y cuestionándolo sobre el método que había usado para lograrlo.

La viuda guardó silencio y desde ese día se aferró a la creencia de que John no era un hombre común, y ante el hecho fundamentó su aprecio hacia él.

Recordó que dos años antes cuando desconocía las habilidades naturales que él poseía, ella necesitaba de alguien con quien justificar sus frustraciones, y él le había resultado el pretexto ideal para desahogar grandes supersticiones, por lo que no dudó de que él tuviera algo que ver cuando ella perdió su empleo, y creyó que él se iba haciendo un obstáculo para su autodesarrollo y los planes que ella había asumido con sus familiares, principalmente para con sus sobrinos, a quienes veía como los hijos que nunca concibió.

Todas estas inseguridades, ella la había adquirido de la hermana, quien se la había infundido. Aunque la viuda siempre fue dueña de su propio carácter, Ibes no dejó de influir en cada decisión, siendo la mayor interesada en que John se ausentara. Ella creía que él podía ser una gran atadura para todos sus planes.

Ibes, por su conveniencia, pensaba que si John se ausentaba tendría el camino libre, haciendo con la viuda lo que antes había hecho, quitarle su dinero.

En relación a sus ambiciones personales, quería disfrutar en grande los ciento setenta y cinco mil dólares que Dios entregaría a la viuda como un adelanto del pago de su muerto. Para ello iniciaron una serie de calumnias que contribuyeran a desestabilizar la relación, a fin de poder separarlos, antes que llegara el cheque. Fue así como empezó a urdir su plan de desacreditarlo entre sus conocidos, para justificar la acción.

John había peregrinado en el extranjero sin otra ayuda que la de Dios. Muchos lo veían como un enviado del cielo, como un médium o como un profeta según las religiones de quienes hablaran sobre él. Pensaban que Dios inspiraba a los hombres para que le facilitaran adquirir lo necesario para cubrir sus necesidades prioritarias hasta que se cumpliera el tiempo de su levantamiento.

La viuda, aunque tenía un nivel diferente de conciencia, había estado muy cerca de la gloria económica, los lujos y las posesiones materiales.

Llegó a estar más identificada con el dinero que con la sabiduría. Nada de eso era malo para la forma de vida que había escogido. John era todo lo contrario, amaba la sabiduría y el conocimiento.

El sabía que esto era lo que salvaba, y con lo que podría alcanzar todo.

La viuda había nacido del vientre de una madre abanderada de los oráculos y el tarot. Por lo que siempre vivía buscando respuestas sobre la vida de John y sus moralejas proféticas.

Sin embargo, no podían ver más de lo que el padre dentro del libre albedrío le permitía. Por lo que estaban siempre al tanto de los estragos y las dificultades como algo propio de las mentalidades limitadas, más que de la gloria y las virtudes propias del éxito sin límite.

Dios teje el destino de los hombres según los niveles de expansión que éste logra alcanzar en la escala del espíritu. En el caso de los familiares de la viuda, aquellos eran conocedores de secretos mundanos y excesivas malicias. Pero, eran auténticos ignorantes de la verdad generada en el padre.

Por eso se le había dado la oportunidad de experimentar en la materia sus niveles de conciencia, para que pudieran avanzar en espíritu y verdad. John estaba preparado para aguantarlo todo, nada le afectaría.

Todo aquello que parecía mal, se transformaba en bien. Había pasado el tiempo y los malestares entre él y los familiares de la viuda se fueron agudizando debido a que ella no conseguía empleo y los trabajos que John había conseguido eran suaves y temporeros.

Estaban experimentando dificultades para el pago de la vivienda que ocupaban. Aún no llegaba el cheque que pagaría el muerto de la viuda, y las conspiraciones y los conspiradores intensificaban sus ataques.

Estaban obstinados en que John debía alejarse de la viuda, y él que sabía lo que buscaban, aguardaba silenciosamente el momento amparado en una fe inquebrantable.

En los primeros meses de la primavera aparecieron por la casa unos misioneros espirituales invitando a John para que participara en un encuentro que tendría lugar en Washington D.C. por la paz. Como era de esperarse, los adversarios aprovechando las circunstancias de su ausencia, planearon un acto de rotunda humillación, que parecía que tomaría desprevenido a John.

Decidieron calumniarlo en combinación con la viuda ante una estación de policía. Le fabricaron un reporte de violencia doméstica, que ellos daban como la herramienta más eficaz para sacarlo de la vivienda. Habían dicho que la viuda atravesaba sus peores penurias debido al maltrato físico y sicológico a que estaba siendo sometida. Como era una familia numerosa, se juntaron todos los hermanos, recogieron las pertenencias de John, las pusieron del lado afuera del apartamento frente a la puerta de entrada, después de haberle cambiado la cerradura a la puerta. Pero algo extraño sucedió, porque a pesar de haber puesto una cerradura nueva, John introdujo la llave de la cerradura vieja, y como si hubiese sucedido un milagro, la puerta abrió quedando todos ellos anonadados al enterarse de lo sucedido.

La viuda estaba escondida en casa de Ibes, por lo que John, antes de entrar las propiedades, llamó a la policía para que verificaran lo acontecido, y les mostró una copia del contrato de la vivienda que por cierto estaba a nombre de ambos. En ese momento en que los gendarmes acudían al llamado, apareció la viuda haciéndose la víctima.

Trató de que desalojaran a John, sin éxito alguno. Ellos le hicieron saber que él tenía tanto derecho como ella de habitar ese apartamento, y que si ella no quería estar ahí, podía irse. Pero que ellos no podían obligarlo a que abandonara el lugar.

La viuda regresó donde Ibes, mientras John se anotaba el triunfo frente a sus acciones maliciosas. A los cuatro o cinco días la viuda reapareció y él le prometió que buscaría un lugar para mudarse. Lugar que por cierto acabó buscándolo ella para él.

Después que John se acomodó en la nueva vivienda, ella pasaba gran parte del tiempo donde la hermana. Durante ese tiempo visitaba a John para suplicarle que le hiciera el amor.

Siguieron una relación clandestina donde continuaban metiéndose en la cama a escondidas. En los días sucesivos, John soñó que en medio de una luz fluorescente se le había aparecido Dios y le había dicho:

—Te la estoy desencantando. Tú estás así por andar teniendo sexo impuro.

Entonces lo vio desaparecer en medio de una claridad lumínica, tal y como había aparecido.

En los días sucesivos antes que la viuda entregara definitivamente la vivienda, cuando John apareció en la noche, ella le gritó:

—¡No quiero verte más!

Entonces él, que había ido con la intención de comer algo, le respondió:

—No he comido hoy, permíteme preparar algo y luego me voy.

Ella se había tornado reacia, como si estuviera poseída por alguien que no era ella, comenzó a lanzar las sillas, los floreros, y a vocear como si estuvieran maltratándola.

El dueño de la casa que escuchaba el escándalo, subió a pedir cuenta y la viuda nuevamente intentó recurrir a la calumnia, pero el dueño que conocía la verdad de lo que acontecía, medió, tratando de que ella se calmara, pero ella seguía descontrolada, voceando y golpeando a John hasta que llegaron los gendarmes y le pidieron a John que entregara la llave de la casa y que se alejara de ella. Lo hizo según se lo pidieron.

Ella despechada, había comenzado una campaña de desacreditación, socalinando los favores que él había recibido de ella, siempre dejando entrever una marcada segunda intención, de que John no fuera bien visto entre los conocidos para que no pensaran que ella había roto la relación para no compartir el pago de su muerto.

En lo adelante ella empezaría a perder el pelo. Aún seguía esperando la llegada del dinero. Había empezado a atravesar una gran miseria y a pesar de todo, John que había conseguido empleo en un supermercado, recordando los favores recibidos de ella, comenzó a ayudarla en reciprocidad de lo que ella había hecho por él en los tiempos difíciles. Ella le hacía creer a sus familiares que no lo veía.

Un día habían quedado de juntarse y ella no se presentó. Entonces él se encaminó al lugar donde vivieron juntos. Tocó el timbre y ella acudió al llamado, pero al verlo no lo invitó a pasar.

Él se retiró en silencio llevando bajo el brazo una biblia de predicador. John había descubierto que el día en que la viuda y él quedaron de juntarse, sin que ella apareciera, ese mismo día le habían pagado el muerto.

En lo adelante por temor a ser asaltada, ella seguía fingiendo no tener nada. Los días avanzaban con desesperación, hasta que dejaron de verse por un tiempo. La viuda seguía celebrando el éxito junto a su familia.

Mientras planeaba viajar a su país de origen, mudó dos de los hermanos al apartamento para que le hicieran compañía.

John soñaba casi todas la noche con ella sin entender por qué, hasta que un día de un mes después, John y ella volvieron a encontrarse. Ella fue a visitarlo con el pretexto de recoger unas fotografías.

Esa noche después de haber estado en la cama, ella volvió a solicitarle dinero a lo que John le respondió:

—Quien debería darme a mí eres tú.

La viuda guardó silencio. Ella creía que John había conseguido algún dinero, pero por el contrario, una semana antes había perdido el trabajo.

Perseguido por el sistema y calumniado por los jefes, habían seleccionado tres mujeres para que lo acusaran en la administración de que él las había enamorado a las tres por separado, cuando en realidad lo que se había suscitado no era más que un mal entendido, debido a que John era extremadamente simpático. Una de las mujeres en horario de trabajo se tongoneaba al ritmo de la música frente a él.

Sintió se él provocado al grado de sentirse motivado y aproximándose a ella, le dijo:

—Veo que te gusta el baile. A mí también. Cuando celebre un cumpleaños, invítame.

Ella lo miró en silencio, respondiéndole:

—Está bien, hablaré con mi esposo. John muy animado, agregó:

—Sí, hablas con él, así yo puedo invitar una prima.

Ante esa respuesta la mujer se enojó y a espaldas de John fue a reportarlo a la administración.

Alguien le había soplado lo acontecido a John, y, este se adelantó y fue en seguida a la administración para indagar lo que pasaba, antes que alguien lo fuera a convocar, y allí contó lo sucedido..

Y resultó que el administrador lo comprendió, habiéndole informado lo que pasaba, y le sugirió no volver a tratar a esas mujeres, y como se lo sugirió, lo hizo.

La segunda había llegado iniciando una amistad con John. Cuando la primera se percató de la amistad, debido a que la segunda era su paisana, la indispuso contra él.

Luego una noche, a la hora de la salida, John compró unos papeles de baños, y parecía ser que se había fraguado un plan buscando desacreditarlo.

La tercera de las tres, también paisana de la primera y la segunda, aprovechando que él caminaba solo, se acercó y le preguntó en un tono de provocación:

—Por casualidad, ¿pagaste tú esos papeles de baño? — Cuestionó.

—¿Por qué me preguntas eso, acaso me conoces como alguien que no paga lo que compra? — respondió él, con cordura sin dar a entender que ya sabía el juego que se traían.

—No, por si acaso —agregó ella, con un marcado antifaz de cinismo.

—¿Qué raro que tú vienes por este camino. ¿Tú vives por aquí? — cuestionó John.

—Sí, con mi marido —respondió ella.

Caminaron sin hablar hasta que les tocó separarse. Una semana después, el coreano que administraba el supermercado había recibido una carta de un emisario de la ciudad donde le informaba lo favorable que sería si prescindiera de los servicios de John, debido a que éste podría resultar perjudicial a sus propios intereses.

Entonces el coreano fiel como un can, a los intereses de su amo, y sin tener una razón justificada para despedir a John, empezó a preocuparse. No le había vuelto a dirigir la palabra, hasta que tuvo todo arreglado para justificar la decisión.

Una vez reunidas las mujeres en su oficina, el administrador se acercó y lo mandó a pasar, y frente a las tres mujeres, le dijo:

Ya no necesito más de tu servicio. ¿Tienes algo que decirme? —agregó.

Por un corto intervalo, John lo miró en silencio y dijo:

—¿Qué puedo agregar? No sé de qué me están hablando.

—No te hagas. Ellas dicen que tú las enamoras —expresó el coreano buscando la forma de provocarlo. En verdad, lo logró.

John sintió que una daga le atravesaba el alma. No pudo evitar sentirse molesto. Sabía que aquellas alegaciones obedecían a una calumnia de las más bajas y cínicas que alguno pudiera montar.

—¡No puede ser! ¿Cuándo, dónde y a qué hora? Tengo tiempo que no cruzo palabra alguna con esas jóvenes. ¿Qué buscan inventando tanta bajeza? —dijo John, algo incómodo.

El coreano con toda naturalidad y sin alarmarse trató de encontrar otro testigo. Entonces llamó a un mejicano que le confirmara el testimonio.

Lo hicieron por el alto parlante. Pero aquel se negaba a aparecer debido a que se negaba a ser cómplice de aquella trama. Antes de aparecer hubo que llamarlo cuatro veces. Cuando le preguntaron si él no había escuchado cuando lo llamaban, él alegó que estaba en el baño.

—Díganme para qué soy bueno. No pude completar mis necesidades. Tuve que cortar para acudir al llamado —dijo.

—Queremos saber si es verdad que John se ha estado propasando con las cajeras —cuestionó el coreano.

El mejicano buscando la manera de no involucrarse contestó con evasiva:

—¿Cómo puedo yo saberlo, si en mi presencia nada de eso ha sucedido? —reafirmó, con un dejo de desilusión.

El mejicano era un hombre enjuto, de figura alargada como una tabla lisa. Una semana antes le había pedido a John un préstamo porque tenía una familia muy numerosa y se le había acabado la comida de la despensa. El de ninguna manera se iba a prestar voluntariamente para justificar una calumnia contra su benefactor.

Ante la realidad generada, con gran pesar se vio precisado a admitir frente a John lo acontecido. Después de recibir la mirada descalabran te del administrador.

—Lo siento John, fue que ellas me lo dijeron a mí y yo se lo dije al administrador —dijo el mejicano casi tartamudeando.

John, sin abundar en su defensa, se incorporó, y se dirigió a la habitación donde guardaba las propiedades que la empresa le había asignado. La recogió y volvió a la oficina donde aún permanecían reunidos sus verdugos. Tendió la bolsa al administrador y le dijo:

—Yo sé quien soy, y qué andan buscando.

El administrador, con su rostro oriental que aun sonriendo parecía enojado, le hizo la cortesía de recibirle la bolsa. Extendió las yemas de los dedos y la empuño con la perspicacia de aquel que empuñaba un material explosivo.

John, miró a las tres mujeres sin emitir sonido, dos de ellas lo correspondieron de forma desafiante. La otra desviando la mirada, le dijo:

—No quiero que me digas nada.

El mejicano estaba avergonzado. De ese empleo dependía el sustento de su familia y debido a su estatus legal aunque quisiera rebelarse, le sería imposible sin que acabara siendo la víctima final. Así que con una mueca cadavérica desvió la mirada de John, dejando la impresión de estar arrepentido.

John trató de retirarse con la inquietud que causó la humillación, no sin antes comentar:

—Lo que tiene que ser será. Nunca se ha de evitar lo inevitable.

El administrador con la inquietud propia de aquel que despertaba a la conciencia alegó como justificándose:

—Todo lo estoy haciendo por tu bien. Entonces John mirándolo a la cara, le replicó:

—Todo es posible. Para mí lo que parece mal es bienestar. Soy consciente, tras la persecución interactúa la mano oculta del tirano. Nada es casual. Si das azúcar, recibirás dulce. Dios el padre lo hace todo a mi favor —dijo John con determinación.

Entonces, el administrador percibió aquella expresión como una ingenuidad y cuestionó con cierto dejo de burla:

—John, cuando hablas del padre ¿te refieres al de arriba? Entonces John volvió a mirarlo fijamente, reafirmándole:

—Sí, el de arriba. Si hoy tú me golpeas, mañana alguien te golpeará —agregó.

—Tendré muy en cuenta tus palabras —expresó el coreano, mientras veía llegar a otros miembros del consejo administrativo que lo vieron alejarse.

Un tiempo después como se había previsto, la viuda y John volvieron a encontrarse. Pero en esa ocasión, ella se mostraba aún interesada por él buscando ser re-acogida.

Le juró, por Dios, que después de él, no había vuelto a estar con ningún hombre, e hizo que también él le jurara que no había vuelto a estar con otra. Aunque John había perdido la confianza en la viuda, la había nominado como maga de la mentira.

Sin embargo, él pensando que no estaba en condición de juzgar, lo mejor sería seguirle el juego, y esa misma noche volvieron a estar en la cama.

Después de disfrutar el sexo como ella solía hacerlo cuando estaba con él, le comunicó que en dos semanas partiría de viaje a su país de origen. Pero como siempre, trató de confundirlo porque se fue una semana antes de la fecha prescripta. John se enteró una semana después del viaje.

El efecto de la causa se había manifestado. El mismo día que supo de la partida de la viuda se enteró que algo terrible había sucedido entre ella y su hermana Ibes, que había decidido declarar su desmedida ambición.

Lo que indujo a la viuda a acelerar el viaje debido a que ella había entregado la vivienda donde vivía para esperar el momento de su partida en casa de Ibes. Se generó en ese tiempo de espera un mal entendido entre ellas que las indujo a la violencia.

Debido a que la viuda había recibido limpio unos ciento setenta y cinco mil dólares, para ella sola. Ibes decidió reclamarle un porcentaje por los servicios personales que ella le había prestado a la viuda a lo largo de la espera del pago de su muerto. Entraron éstas en desacuerdos acompañados de indirectas que recordaban favores que no venían al caso.

Lo que hizo que la viuda atacada y traicionada por los nervios, hiciera entender a Ibes, que por haber sido ella la primera que nació de todos los hermanos, debía ser respetada, motivando con esta actitud la incomprensión de Ibes.

Que por su lado, pensó que era una injusticia de la viuda no satisfacer su petición, pues había sido ella la principal abanderada en ayudarla a deshacerse de John sin mayor percance.

Aquella complicidad tan planeadamente alocada fue con el propósito real de que John a la hora del reclamo no pudiera intervenir. Pues carecía de derecho y de razón, y todo esto la llevó a que se jalaran las greñas. Se dijo que en esa trifulca de mal gusto, Ibes perdió un mechón de pelo agregado, que el esposo con tanto sacrificio le había comprado, y que hasta esa cola se había negado la viuda a pagarle.

La viuda se vio forzada a viajar de emergencia a invertir el dinero en la construcción de una casa antes de que sus parientes le mandaran un asaltante a quitarle lo que tantas lágrimas le costó, debido a que cuantas veces la viuda iba a corte aparecía envuelta en un mar de lágrimas. Ibes era quien le suministraba las servilletas para que ella limpiara los cordones de mocos que le afeaban el rostro frente a los abogados de los demandados.

La viuda se había pasado en su gestión cerca de unos cuatro meses. Antes de su regreso, percatándose al llegar que nada de lo alcanzado le llenaría los ojos a John, quien continuaba atravesando una serie de vicisitudes, y a su vez seguía naufragando entre las aventuras pasajeras y los frecuentes cambios de empleo por las persecuciones e inestabilidad que se había visto precisado a experimentar dentro de las ofertas y las demandas que planteaban los reglamentos del sistema.

Pasaron cerca de tres años antes de que John volviera a verse con ella. Para ese entonces, la viuda había vuelto de visita.

Se estaba quedando donde una amiga y se había convertido al evangelio. Cuando vio a John, a quien a su vez le había ido cambiando la vida, ella lo había presentado a la amiga como su marido y después cuando estuvieron a sola le dijo:

—Dime si en verdad tú estás serio en Cristo, porque yo necesito un hombre para casarme.

John la miró en silencio como tratando de explorar el lado oculto de sus intenciones. Entonces sin inmutarse le respondió:

—Yo no quisiera pensar que es un descaro, pero si en tres años que estuve contigo no hubo una consciente comprensión, qué te haces pensar que ahora podría haberla. Lo siento pero no creo que yo sea el hombre que tú necesitas —le expresó sin clemencia.

Aquella respuesta inesperada vino a ser como una daga en la espalda de la viuda que al verse rechazada abandonó el condado, no sin antes advertirle a la amiga no darle información a John sobre su paradero. Pero ya él lo había determinado. La viuda podía quedarse siendo la mujer del muerto mas no así la mujer de él. Ella había muerto para John con el pago del difunto. John sabía que más le había durado a la viuda la relación con él, que la fortuna que ella adquiriera con el dudoso pago de su muerto.

El Dilema de
la Gringa

Eran las once de la mañana cuando los Smith entraron a la oficina de la directora del Colegio "Misioneras Protestantes". Allí estaba ella, Carol Ann Kruger. Pretendían rescatarla.

Había sido ingresada al cumplir cuatro años, por decisión unánime, y aquel reflexionado encierro, reforzó su carácter, allí permaneció, desde su internamiento, y solo en vacaciones, regresaba al hogar, los Kruger solían extrañarla.

En ese momento, quince años después, en ese internado, los Smith tomaban posesión de ella como sus nuevos tutores. Ellos eran los parientes más cercanos que le quedaban al matrimonio Kruger, quienes recientemente habían fallecido en un fatal accidente automovilista, ocurrido a su regreso de las celebraciones nacionales del cuatro de julio, un jubiloso día de la independencia de los Estados Unidos.

Parece que la muerte se confabuló para llevarse a su familia. Precisamente tuvo que ser ese domingo cinco de julio en que la brisa soplaba con más intensidad que de costumbre. Kruger y Susan viajaban de norte a sur en un Jaguar del año. Fueron arrollados por un camión de carga que se descarriló al salírsele una llanta, falleciendo instantáneamente postrados como pájaros enjaulados dentro del vehículo que conducían.

Los Kruger como los Smith, eran un matrimonio de gran expectativa. Uno como el otro, eran padres de una sola prole. Su amistad databa desde los años estudiantiles. Eran familias pequeñas con grandes facilidades, comodidades y éxito económico, más heredado que trabajado.

Unos y otros se habían hecho la promesa de la solidaridad familiar. Esto incluía la asistencia a los hijos si algún imprevisto aconteciera a alguna de las familias. Los Smith, también procrearon a Julie, su primogénita que como Carol Ann, también primogénita de los Kruger, gozaba de las mismas condiciones. Ambas niñas tenían una edad de apenas un mes de diferencia.

Paolo Smith y Peter Kruger, en sus años estudiantiles, cuando perseguían en los pasillos del "Colegio los Ilustres" a Susan y Paula, habían apostado cual de los dos sería papá de primero, después de haberse rifado en una carrera de carro quien se casaría con Susan y quien con Paula.

Kruger ganó a Susan y Paolo a Paula. Empataron por eso del orgullo y el qué dirán. Entonces cuando Paolo embarazó a Paula, un mes después, Peter Kruger embarazó a Susan. Los dos improvisaron las bodas el mismo día y en la misma iglesia y con el mismo cura.

Así fue como la vida los mezcló de forma tal que ningún extraño dudaría la posibilidad de que algunos rasgos sanguíneos los identificaran como miembros de una misma familia. La niña, Carol Ann, desde los primeros años de vida fue creciendo junto a Julie, quien con la transparencia indefinida de sus ojos verdes como de gato, tendía a confundir a sus allegados e incluso a sus propios padres, que descubrieron una cierta preferencia, inclusive hasta en los juguetes y sus relaciones con otros niños, cuyas conjeturas empezaban a preocupar a Kruger, que decidió un alejamiento a tiempo entre las dos niñas.

Para justificar la decisión que lo indujo a tal acción, pensó en internarla en el Colegio de las Misioneras Protestantes, precisamente a una edad que no sobrepasaba los cinco años.

Ahí estuvo hasta el momento en que la tragedia asaltó a la familia.

Ante aquel terrible percance, los Smith se encontraban cumpliendo su promesa frente a la huérfana que en ese momento tenía diez y nueve años.

La blancura ebúrnea de su cuello redefinía la belleza de su semblante, que a su vez destacaba los bucles de su cabellera destrenzada que caían sobre sus hombros como haces de luz. Y a su vez el rubio de su pelo formaba un nimbo de luz en torno a su cabeza de querubes con el destellante brillo del oro. ¿Sus ojos? Tenían la extraña radiación de los videntes, y al momento de despedirse de la madre superiora de aquel internado gerencia do por monjas protestantes, dos lágrimas que habían quedado en sus mejillas, proyectaban el brillo de la plata disuelta, luciendo como gotas dispersas de rocío matinal convertido en llanto torrencial.

Cuando Julie, su apreciada amiga de infancia y primogénita de los Smith, la recibió en sus brazos, al tiempo que se identificaba con el dolor que generaba la partida de sus padres, le hizo sentir que en lo adelante no volvería a estar sola, ella le ofrecería el calor necesario y que sentía perdido.

Se abrazaban, se besaban, se masajeaban el pelo, lloraban y reían nerviosamente. Los Smith miraban sonrientes como crecía el afecto de aquellas almas reencontradas. Ellos estaban felices de que Carol Ann y Julie pudieran evolucionar juntas.

La primera vez que Paula le comentó a Paolo sobre el cariño que se tenían las dos niñas, fue a los diez años, en unas vacaciones navideñas cuando ella las sorprendió dándose un beso apasionado. Se carraspeó la garganta para anunciar su presencia, pero disimuló que no había visto nada. Luego se encaminó hacia ellas sin inmutarse. Jugueteó al mismo tiempo con el pelo de ambas mientras les decía:

—Niñas, vengan a probar el postre.

Las tomó del brazo a ambas, y las condujo al comedor donde les sirvió dos cucharadas de quesillo.

Al llegar a la residencia ya Carol Ann se encontraba más calmada. Entonces se prepararon e inmediatamente se fueron a la funeraria donde los Smith habían dispuesto que se desarrollara el velorio de los cadáveres.

Los dos féretros estaban uno al lado del otro. Los Smith estaban en un rincón de la estancia y Carol Ann y Julie, recibiendo las condolencias de amigos y relacionados, que no salían del asombro. Ambas vestidas de negro con una mantilla de tela fina y transparente, que sosteniéndose sobre el cráneo se deslizaba cubriéndole el rostro apenado que mostraban para la ocasión, y que al mismo tiempo les daba el toque airado de viudas golpeadas por la fatalidad de los tiempos.

El ambiente encerraba un aire de auténtico y sentido dolor. La estancia a su vez, había sido adornada de unos muros prefabricados con aspecto de columnas de mármol pulido, de donde se desplegaba una escalinata que conducía a un piso superior, donde estaban localizadas las oficinas del personal administrativo.

Al centro, un arco tallado se apoyaba sobre fuertes columnas unido a un ábside prolongado hacia arriba, dando la impresión de un mausoleo sepulcral.

El pavimento era también como un mármol amarillento, decorado en el centro por una alfombra verde oscuro con flores crema, y sobre el centro de la alfombra una base doble de mármol, sobre la cual se apoyaban los féretros. Un olor a almizcle invadía el escenario.

A las cuatro de la tarde, una delegación del colegio Misioneras Protestantes, integrada por cuatro monjas y quince novicias, llegó a la funeraria portando una enorme corona de flores, con una inscripción que decía: "Señores Kruger, que sus almas sean glorificadas en los cielos paradisíacos".

Eran las diez de la noche cuando se retiraron a descansar.

Al otro día sería el sepelio y necesitaban recuperarse para las tareas inconclusas. Sin embargo, esa noche después de un baño frío, a pesar del cansancio, no podía conciliar el sueño y pensó en las disertaciones de filosofía religiosa que surgían en las cátedras sobre el tercer mundo, que con tanta habilidad dictaba la madre superiora y directora del internado, donde se planteaba una serie de interrogantes que inducen al despertar de unos y al trastorno de otros.

Carol Ann solía sentirse muy atraída por tales planteamientos: "La mano de Dios siempre ha participado en el progreso y la fertilidad natural de los pueblos, pero no es un secreto para la humanidad, que el diablo ha sido el manipulador por excelencia de las buenas intenciones de los hombres, y quien a su vez ha venido aportando el mayor dolor a las almas, y quien siempre ha inspirado la maldad como oposición al bien para que se produzca la lucha de lo contrario, y se prolongue la explotación del hombre por el hombre, generándose las formas de odio, beligerancias que producen guerras y destrucciones que han conllevado a la transformación evolutiva de la consciencia de la humanidad, para dar paso a una generación más solidaria, menos egoísta, más tolerante, y dispuesta a construir el reino de la esperanza, donde el salvajismo y la ambición desmedida haya desaparecido.

Todos los excesos son dañinos, porque hasta ser muy bueno inspira a los malvados e inconscientes a pisotear tu cuerpo, lacerando tu espíritu, pero también hay que estar vigilante porque ser muy malo te priva del gozo que ha de experimentar el alma ante el deber cumplido en la bondad del servicio y la solidaridad.

La nueva generación surgirá con una inteligencia superior a las que han enarbolados las generaciones existentes a lo largo de los tiempos en la conciencia y la realidad experimentada en este plano.

La vida es imperecedera y lo que parece perdido es la renovación para el avance del espíritu, la obnubilación tiraniza, sembrando la semilla de la experiencia en el alma".

La profundidad del pensamiento le indujo un sueño profundo. Era la una de la madrugada cuando cerró los ojos.

A las diez de la mañana, los Kruger recibieron el último adiós, el cementerio central se había atiborrado de gente distribuida en los distintos puntos cardinales, allí todo desconsolada la vi por primera vez. Yo nunca fui allegado a la familia, pero un amigo de otro amigo me invitó y cuando recibía el pésame de todos, yo imitando a los otros me acerqué. Entonces algo que no había pasado con nadie sucedió conmigo.

Aún sin conocerme, algo la indujo a recostarse en mi hombro con un fuerte ataque de llanto, que también me afligió, por lo prolongado del momento.

No faltaron algunos que pensaran, que yo era un pariente muy cercano al que desconocían que había inspirado el llanto doloroso de la huérfana, lo que me dio cabida a tratar de ganar su amistad.

Para ese entonces yo era un enviado de prensa internacional, asignado a las crónicas rojas, lo que facilitó mi acceso a la familia en los días sucesivos.

Después de la ceremonia mortuoria, me hice notar a los ojos de ella, le entregué mi tarjeta de presentación, dejándole entender mi interés en servirla si me necesitaba.

Partí con la impresión de que algo habría de suceder por la mirada que me dio que heló mi alma, al momento de despedirme, entonces recordé una frase que alguna vez leí: "Ser invencible está en uno, ser vulnerable en el oponente". Si se controla el ojo de la mente, escuchará lo inescuchable y verás lo invisible, llegando a realizarse lo que se considere una virtud.

Sin llorar el pasado, y sin soñar el futuro, pensé que si algo tenía que suceder sucedería, y tres semanas después recibí su llamada.

Su amor de urgencia inesperada se desplazó por la esperanza de un cariño que crecía con el tiempo, aunque hubo un momento en que ella pensó en despreciarlo, sin que pudiera evitar esa insistencia propia de aquel que se decide a jugarse la esencia de su intelecto, de pronto ella sintió encontrarse persuadida y entrando en un dilema le fue fácil pensar en aquellas disputas que escuchaba sostener a sus padres cuando estos creyéndola ausente, se enfrascaban a cuestionar la idiosincrasia de ella frente a una definición futurista, ignorando que seguía muy de cerca aquellos comentarios, sobre todo después que un día su padre le declaró a su madre cuando la interpelaban:

—Para lesbiana mejor la quiero puta.

Y lo dijo en un tono tan radical que la llevó a pensar que esa expresión no era de él y que la había leído en uno de los libros de autores españoles, y que en ese momento la estaba repitiendo como un loro deslenguado, insistía en creer que un padre anglo, de aquellos que toleraban a los hijos hasta la emancipación, aunque después lo soltaran para que desaparecieran como palomas del infinito cósmico, no podía estar pensando voluntariamente de esa manera.

Con esa inequívoca concepción la vislumbré, en ese circunstancial encuentro donde ella sentiría esa incontrolable curiosidad por conocerme, por lo que empezó a frecuentar los lugares que entendía que frecuentaba yo, y hacía creer que no me veía , en más de una ocasión y como una táctica de hacerse desear, me ignoró.

La niña había crecido de alma, corazón y mente, yo la superaba en edad, pero ella, por fin había alcanzado su mayoría y muchas otras cosas en el lapso de tiempo ya se habían generado, y después de tantos insistir, se consagró el deseo y uno y otro nos entregamos a la pasión desenfrenada y nos amamos, yo fui la esencia de su primera experiencia, y pensé que la paciencia es el mejor aliado de la valentía, y que la suerte pertenecía a los que tenían coraje, era necesario contar con la visión futurista en el desarrollo de una relación, fortaleciendo la tolerancia para entender los cambios que generan los tiempos en la paz y la solidaridad entre los hombres de buena voluntad.

Entonces satisfecho de lograr lo que creía imposible, me extasié a contemplarla en silencio hasta ser sorprendido:

— ¿Por qué me miras? —me cuestionó.

—Eres tan hermosa que todas las miradas se centrarían en ti —le dije.

Un algo sonrojada denunció una sonrisa contenida, obedeciendo a los últimos consejos de su difunta madre:

—Hija, si un hombre te elogia mientras se conocen, aunque te guste, no se lo demuestres, si quieres tener éxito.

Esa nueva experiencia sería para ella el despertar hacia una nueva luz, y se juró nunca más sentirse atraída por ninguna mujer, y para empezar a darle credibilidad a su auto promesa, comenzó a mostrarse indiferente con las chicas del círculo vicioso, donde la había llevado

Julie, así buscó provocar curiosidad en algunas de ellas:

— ¡Qué dulce son los latinos! —dijo exasperando a la presente que se inmutó al escucharla hablar de los varones, y quien a su vez entendió que se había transformado por lo que la sintieron como una desertora del rebaño.

Por su parte, Carol Ann, ya sabía lo que quería, había probado la fruta, y si a eso era a lo que su padre se refería, ser puta le gustaría.

Ya había tomado la decisión de consagrarse a mí como un niño a su alimento, al grado de que unos meses después, sintiéndome empalagado y tratando de alejarme para dar tiempo a que ella definiera su aparente obsesión, me trasladé a otro estado, donde sin saberlo yo ni cómo ni cuándo había indagado mi paradero, antes que se cumpliera una semana de mi huida, se apareció a buscarme exactamente a la dirección en donde me alojaba en Pennsylvania, era la residencia de Bruno Sabatini, el amigo que precisamente me había invitado al sepelio de los padres de Carol Ann, que ahora había sido asignado a cubrir una fuente en el cuerpo diplomático americano en Francia, y quien me había dejado a cargo de su casa.

El estado de los independentistas, poblado de arboledas, con sus casas aisladas, dejaba la impresión de una campiña paradisíaca, y ofertaba una paz sin presión ni inquietudes.

Allí, con su mirada elucubradora me contemplaba, con una actitud que requería clemencia. Al mirarla, le sonreí en silencio.

— ¿Crees que puedes huir de mí sin que te encuentre? Tú cambiaste mi vida y responsablemente tú tendrás que andar en mi camino. He tenido que salir a buscarte porque te fuiste sin decirme nada. ¿Qué pretendías? ¿Por qué lo hiciste, cariño?

Avergonzado, traté de esquivar su mirada mientras alegaba:

—Lo siento, Carol Ann, no estaba en mis planes sentarme con ninguna pero…

—No digas nada —me interrumpió.

—Yo pensaba buscarte, tengo que esperar el regreso de Bruno, todavía debo esperar dos días —dije, justificándome.

—Está bien, no te preocupes. Ya estoy aquí, lo esperaremos. Me he enviciado a ti y no pienso regresar sola, sólo quiero estar contigo. No te voy a exigir nada, ya regresé a la casa que dejaron mis padres, allí viviremos los dos. Yo te amo, cariño, tú me hiciste despertar de aquella aberración y ahora tú no puedes abandonarme. Eres mi primer y único hombre, y estoy convencida de que quiero morir a tu lado.

Al escuchar tan motivadora expresión, la estreche en mis brazos y descubrí el secreto de su confesión.

Como lo había prometido Bruno, llegó a los dos días, y se alegró mucho de encontrarnos juntos. Quedamos de mantenernos en contacto, y Carol Ann y yo regresamos a Nueva York, donde tendría que enfrentarme a otra encrucijada, Julie, que desde la infancia y parte de la adolescencia, había estado junto a ella. No se resignaba a perderla y debido a que Carol Ann era de un carácter flexible, por educación no quería ser drástica con ella, sin embargo yo le pedí que si realmente quería estar conmigo, tendría que renunciar a la amistad con Julie, tratando de esclarecer si aún ella seguía confundida o era realmente una lesbiana, a lo que ella accedió sin discusión dándome muestra de que yo estaba por encima de todo. Pero luego, de una reflexión cuidadosa, yo me plantee que estaba siendo egoísta con una petición de esa naturaleza sabiendo yo que Julie era prácticamente como su familia, entonces me retracté y le dije que a mí no me molestaría que ella retomara la amistad con Julie, pero ella dándome una mirada elucubradora me respondió:

—Pero a mí sí —me respondió y tal como lo expresó lo cumplió. Julie no volvería a verla por el resto de su vida.

Cinco años después, recibió una correspondencia en nuestra dirección permanente, donde le notificaban que debía presentarse a la lectura de un testamento donde Julie la había nombrado al morir su heredera universal, tanto de los bienes que había ganado como abogada, como de lo que había heredado de sus padres, que habían muerto mientras ambas aún vivían bajo el mismo techo.

Cuando Carol Ann reclamó al señor Watson, el abogado de la familia, el por qué no había sido notificada a tiempo, éste le explicó que desde el mismo momento en que Julie fue declarada con cáncer, ésta se había negado a que Carol Ann fuera enterada, hasta una semana después de ser enterrada y que se había cumplido su última voluntad tal y como ella lo había requerido.

Carol Ann no pudo contener el llanto y lloro desilusionada sobre mi hombro. La animé, la consolé, le di fuerza, y llegó un momento en que experimenté una cierta culpabilidad en lo que aconteció, y Carol Ann, inmensamente dulce como una miel curativa, como siempre pareció adivinar mis pensamientos.

—No te preocupes —me dijo.

—¿Cómo que no me preocupe? Mira todo lo que ha pasado.---- Le respondí

—Así es la vida, siempre estamos esperando lo próximo, muy pocas veces sabemos que nos reserva el destino. Eres mi amor, eres mi salvador, en cambio yo, soy tu reivindicadora, en todo esto radica el misterio.---- Afirmó Carol Ann.

Y así fue nuestro amor, tan sorprendentemente liberal que la gringa definió su dilema de una manera extravagantemente sorprendente. Al cumplir sus veinte y cinco años, me indujo a regalarle una gran fantasía y viajamos a los lagos, en donde vislumbré el aroma de las arboledas y el frescor de un río parsimonioso. Mientras yo respiraba la pureza de un aire refrescante que atraía en su sonido los ecos alborotados de los que compartían el terreno aledaño, se aproximaba ella, como una Eva en la matriz del paraíso, con su cuerpo de curvatura rojiza, de hermosura angelical, me indujo a desprender mi indumentaria, me besó con pasión, desplomándome sobre la hierba verde, para luego montarse a cabalgarme.

Una bola de juego rodó hasta donde estábamos y la chica que fue a rescatarla miró con ojos asustadizos, y aquel instinto animal me dio a entender que podía originarse una de esas pugnas pasionales, una de las amigas del pasado coincidentemente nos había encontrado. Yo me sentí atrapado entre dos fuegos, cuando la que llegó también se desnudó, entonces fueron dos, una que disfrutaba contemplando y otra que me amasaba como a un mango, entonces me separé lentamente de su cuerpo aún ardiente y excitado haciéndole saber que alguien nos miraba.

Cuando la que miraba se sintió descubierta se asustó y corrió despavorida, y Carol Ann sonrió, se mantuvo tumbada en la grama, desafiando el picor de las hierbas, entonces con un brilloso gozo en su rostro tarareó una canción que una vez le escribí:

"Y definió el amor tu ruiseñor, yo quisiera saber tu nombre, para aprenderlo otra vez, es que sin verte te conocí, con ese aire de mujer jovial, que sabe amar, si me faltaras la ilusión que inspira al corazón, no podría ser feliz.

En mi sueño te conocí, fue un pronóstico de ti, la vida me hizo feliz, al instante en que te vi, y es que eres para mí la alegría que trae felicidad, y es que eres para mí lo más grande que conocí, cuando te marchas sufro por tu ausencia, pues me ilumina tu presencia, y cuando llegas a mí te conviertes en la luz que esclarece mi confusión.

Contigo supe la diferencia entre amor y obsesión, mi pasado fue un golpe aberrado, donde todo mi cuerpo estuvo equivocado, y anhelando tu cuerpo en la pasión, confundí el deseo con el amor, y cuando lo que buscaba yo alcanzaba, un vacío interior me taladraba, como si nada significara.

Hoy contigo encuentro algo distinto, desear no es amar, y amar es desear, comprender es aceptar, es caminar, es perdonar.

El amor es como navegar sobre la superficie, de la magnificencia de tu propia experiencia, es sentir el reflejo indefinido de esos corazones compartidos, tú eres el amor, porque eres la alegría que atrae felicidad. Eres ese despertar que me hace reaccionar".

Al concluir la última expresión, lloró, y una vez más atrajo mi cuerpo sobre ella, su piel dejó escapar un destello rojizo, y pensé: «Las gringas también aman». Yo me sentí fundido y entendí que su amor me reorientó, yo la correspondí y de dos fuimos uno, comenzó a llover, la lluvia bañó nuestros cuerpos, el tiempo se confundió y la noche nos absorbió.

La Maja
Prohibida

La conocí en un verano gris a mediado del mes de mayo, donde el sol esporádicamente era asaltado por la lluvia y las nubes solían cubrir el esplendor de sus rayos. Ella era hermosa como una flor de primavera a quien la brisa de los tiempos marchitaba, pero ella luchaba vorazmente contra la inclemencia, dejando la apariencia a sus observadores de que la vieran como una mozuela, a quien los años aún no robaban sus primaveras.

Su tez blanca sin compararse al papel, y sus mejillas rosadas, sin que ningún tomate la suplantara, aún mantenía su esplendoroso brillo juvenil.

Era tan silenciosa que el ruido de los vientos la irritaba, transitada imbuida en su propia actitud cuando Jeremy Becker se aproximó en silencio:

—Uh, el sol huye de mí, y creo que va a llover —dijo.

—Coincidimos, yo también creo lo mismo —respondió, motivando la conversación.

Nos encaminamos hacia una parada de autobús, y abordamos el metro que iba recorriendo de norte a sur la ciudad. Ocupamos el asiento del lateral derecho, por la visibilidad de los cristales, y contemplamos el rejuego de los rascacielos, cuyas sombras se reflejaban por encima del pavimento antes que se ocultara el sol.

La lluvia empezó a caer, y nos hicimos confidentes. Cinco bloques después serían suficientes para ganarme su confianza y ser su más selecta intención, intercambiamos credenciales, y aún llovía cuando abandoné el metro, mientras ella seguía su trayectoria bajo la lluvia torrencial.

Dos días después de aquel encuentro en el camino, se hablaron por teléfono coordinando verse de nuevo, aunque Jeremy debido a emergencias personales, sin excusarse dejó de presentarse. Al otro día era lunes y enterado de que

Judy estaba hospedada donde unos familiares, se presentó cargándola de elogios y ante poniendo la disculpa por su ausencia anterior, aprovechando que ella solía prestar atención a la poesía, le declamó algunas, que siendo del agrado de ella, le fue resultando agradable al oído, pudiendo así, asimilarla en silencio.

Ese lunes de versos y jocosidades, Jeremy le replanteó una salida, y el jueves de esa misma semana en horas de la tarde, ella movida por la curiosidad tal como lo habían acordado, se presentó a la dirección donde la había convocado. Era una espaciosa sala de redacción, del semanario "Latino News", donde Jeremy concluía una crónica de cierre. Ella esperó y salieron juntos unos minutos después, y ese jueves de esplendor donde brillaba el sol, pautaría el inicio de aquella relación, se trasladaron al lugar de residencia de Jeremy, donde acabarían sellando aquella unión de deseo y pasión donde la prisa se impuso al sentimiento.

Desde ese momento, ella asumió la forma del silencio, mientras el tratando de agradarla le expresaba:

—Ha sido grato conocerte y quisiera saber algo más sobre ti.

¿Eres soltera, tienes niños, aunque te estás quedando con tus primos, con quien vivías antes? Luces como una profesionista, eso agrada a mis ojos, porque me das a entender que has sido luchadora, y por eso tu vida no ha sido simplemente contemplar la naturaleza, y sé que de algún modo tu accionar está contribuyendo a transformarla.

Realmente el impacto de la entrega había acelerado la inquietud de Jeremy, que se mantenía tan impresionado que no se había dado cuenta, que estaba monologando.

— ¿Alguna vez fuiste pariente de un mudo? —cuestionó Judy.

—¿Por qué lo preguntas? —cuestiono Jeremy.

—Porque me hiciste tres preguntas en una sola oración — respondió ella.

—¡Sí que eres graciosa! —afirmó Jeremy.

—No tanto como tú, que eres como la policía que dispara y luego investiga.

—Explícates —cuestionó Jeremy.

—No te hagas, primero te acuestas conmigo, y luego me cuestiona.

Jeremy rió a carcajadas, anduvieron en silencio hasta llegar donde ella residía.

Pasaron unos días sin que Jeremy tratara de contactarla. Hasta que una semana después se enteró que por fuerza mayor Judy se había marchado a su país de origen, su padre había muerto.

La vida había cambiado en Nueva York, la crisis había redefinido los hábitos y las profesiones de los habitantes.

El cielo azul estrellado, bañaba las aguas del mar a la luz de la luna, mientras los ciudadanos sonreídos agradecían a Dios por la naturaleza de su ser.

Una rata gigantesca se desplazaba por el centro de la acera, sorprendiendo con sus pasos a los transeúntes que al verla chillaron y saltaron:

—Aiiiiiii, miraaaaaaaaaa.—Se le oia decir.

Eran las siete de la noche cuando los empleados retornaban a casa.

Dos activistas hispanos se careaban voceando, haciendo competencia con el ruido de los autobuses, un embotellamiento dilataba el paso entre la 181 y la calle Saint Nicholas, cuando uno le dijo al otro:

—Para el diccionario de la racionalidad, plaga y corrupto son sinónimos.

—¿Que tú quieres decir con eso?

—A mí que vengo a tratar de buscar mi comida honradamente, me la quieren poner difícil, me quitan las mercancías y me impiden trabajar. En cambio, a aquellos vagos que andan robando en las tiendas, no le hacen nada

—dijo indicando a un grupo de tres que salían de una tienda portando varias bolsas de mercancías, para abordar un vehículo encendido que los aguardaba.

—En eso consiste la gracia del sistema, esta es la democracia perfecta, donde tú haces todo lo que quieras, hasta que te descubran; es un país de sueño y oportunidades — replicó nuevamente el otro.

—Sí, donde muchos confunden la libertad con el libertinaje, donde se ama a los ignorantes para manipularlos, y a los delincuentes para enviarlo a las cárceles, justificando así, la justicia criminal —dijo el primero desahogando el espíritu.

—Si piensas así de este país, ¿qué tú haces aquí? — respondió un tercero.

—Yo vine por curiosidad. Yo vendí mi casita para venir y ahora no me atrevo a regresar porque no he podido juntar para comprarla —agregó el segundo.

—Malicia, no es sabiduría; en una sociedad de maliciosos, no siempre hay muchos sabios — agregó el primero.

—Dejemos esto aquí, es mejor que no hablemos de política

—dijo mientras se dispersaban todos, había llegado el autobús que esperaban.

Habían pasado siete años después de aquel careo en el alto Manhattan, y en la magnificente catedral entre quinta y sexta avenida, con parsimonia y en silencio, oraba. Él necesitaba del favor divino para prolongar su existencia en paz; estaba atravesando un convulsivo ciclo de asedio espiritual, y a bien decir del vecindario, había empezado a sufrir por ese amor que idealizaba sin que la amada se enterara, generando en su existencia unos exasperantes arranques platónicos.

Frank Fulcar, contemplaba en silencio a Judy Liberwood, mientras tragaba en seco, la maja se sonrojaba con su ferviente mirada, el en cambio se exasperaba.

Algunas veces, cuando estaba en casa, y la recordaba, las espaldas se azotaba. Él tenía muy en cuenta que al no tener mujer, él la debía querer, y esto sí lo inquietaba, y hacía comparaciones del pasado aberrado y el presente anhelado.

Ciertamente el descubrió el desprecio que sentía por Vicenta, su horroroso pasado que a lo largo del tiempo se había tornado más sangrona, mientras la maja, era como su melodía o su eterna poesía, de ella nada sabía, tan sólo que cuando la miraba, ella le sonreía, hasta que un día oyó que alguien en la parroquia solía llamarla por su nombre, fue cuando se enteró que aquella mujer blanca con pescuezo alargado y cabellera negra, se llamaba Judy, y después de mucho indagar con cierta timidez, se le acercó y un poco tembloroso preguntó:

—Perdone usted, me dijo que se llamaba... —cuestionó con ahínco.

—No le he dicho, pero si le mueve el interés podría decirle

—Le contestó Judy .

—Por favorcito, si no es mucho pedir —le expresó con más miedo que vergüenza.

Judy Liberwood, hermosa pero experta, pudo notar que al beato lo movía un interés real, y pensó que sería ideal para su plan, al fin y al cabo ella vivía sola, estaba desempleada y necesitaba que alguien la ayudara, y pensó que aquel hombre que de rodilla oraba, no sería un mal partido si tenía sus ahorros y ya estaba en retiro, fue entonces cuando decidió soplarle su suspiro.

—Mucho gusto, yo soy Judy Liberwood, para servirle a usted —dijo.

Aquel estilo de presentación dejó al beato boquiabierto, al grado que perdió todo el miedo que antes había experimentado.

—Todo es recíproco, y para mí es una grata satisfacción. Soy Frank Fulcar, alias Beato, por ser un consagrado instrumento de Dios, y si le parece podemos ser amigos, ya que me inspira el deseo de servirla —le externó.

—Uh, que maravilla —muy gustosa acepto su amistad. Dicho y hecho, ella extendió su mano al despedirse y él le coqueteó con un beso de adiós que sobre su mano sopló, y desde ese momento la amistad se implantó.

Frank Fúlcar sintió que el error de unos minutos de esos años de adolescencia, lo había hecho infeliz por un largo período de su vida.

La incomunicación con su mujer lo había conducido a traumas mayores que lo indujeron a doblar las rodillas en la parroquia donde él entendía que Dios lo escucharía mejor protegiéndolo de seres inconsciente como Vicenta, que así se llamaba aquella que lo indujo a los primeros suspiros del amor, induciéndolo a un concubinato forzado sin otorgarle hijos, porque la mayor parte del tiempo lo había pasado gruñendo.

Y él, pensando en la manera magistral de separarse de ella, viéndose envuelto en imposibilidades propias de la condición violenta de Vicenta, que aprovechando su condición de mujer hábil y manipuladora, solía maltratarlo con frecuencia, llevándolo a que alguna vez pensara hasta en matarla.

Sin embargo, él sabía que tal acción sería violar un mandamiento que definía un grave pecado.

La verdad era que ella nunca lo quiso, simplemente lo usó como un pretexto justificante para evitar el escándalo del vecindario, ya que había perdido la virginidad con el macho del pueblo, a quien solían llamarle el Adalid, padrote de muchas mujeres, y quien se había negado a asumir su responsabilidad, y a cubrir la falta con el matrimonio.

Viéndose Vicenta precisada a recurrir a Frank Fúlcar (el Beato), como un tara pete por aquello del qué dirán, primero haciéndole creer que él la había hecho mujer, y segundo fingiendo un embarazo falso, viéndose éste obligado a mudarla de emergencia, mientras ella seguía acostándose en clandestinidad con el hombre que la hizo mujer, hasta que el Adalid perdió la vida, debido a un accidente de tránsito, viéndose Vicenta precisada a renunciar a la infidelidad, decidiendo hacerse sedentaria, pero sin dejar escapar con frecuencia su aire de tirana.

Frank Fúlcar, era un sastre de pueblo que, aunque no tenía fortuna, era uno de los que más ingresos económicos, generaba en el pueblo. Él tenía su propio espacio y cocía por contrato para algunas de las grandes fábricas, asistido por un ayudante encargado de los ruedos y de pegar los botones.

Pero sobre todo, Frank Fúlcar se ganó el apodo de el Beato, porque los fines de semana era el primero en la línea de bancos de la iglesia, y debido a su asistencia sin fallar, el cura lo había hecho monaguillo y después lo elevó al grado de clérigo asistente, logrando expandir su influencia en la iglesia del barrio, se adentró tanto en los servicios clericales que Vicenta lo hizo mudarse de la habitación que compartían a otra de las habitaciones de la casa.

La habitación que empezó a ocupar era un espacio confortable que estaba incomunicada con el resto de la casa y tenía la puerta de acceso por el patio, dando pie a una relativa separación, y dejando abierta la oportunidad a que Vicenta que tenía el resto de la casa, comenzara a invitar amigos sin que él pudiera impedirlo.

Y hasta él también pensó buscarse una amiga a quien pudiera invitar en horas de la noche, entrándola a escondidas por el patio.

Sin embargo llegó a desistir de la idea al recibir la cita de residencia de una petición a su favor que había hecho su padre que era ciudadano americano, y había decidido rescatarlo de tan tormentosa situación.

Frank Fúlcar, a pesar de la soberbia de Vicenta, en los primeros meses, no había pensado olvidarse de la promesa que le hizo de juntarse con ella, para luego legalizar el matrimonio, haciéndose más intenso, antes de los dos años, se hizo también muy difícil la convivencia con ella, por lo que optó refugiarse en la iglesia.

A pesar de las dificultades, él persistía en ayudarla con la residencia dándole seguimiento a la promesa inicial, pero una vez que él abandonó el país, a los dos meses de pisar tierra Estado Unidense, sufrió la gran decepción cuando una llamada de uno de los primos lo alertó de la decisión tomada por Vicenta.

Ella sin poder demostrar su fundamento, había decidido fugarse con otro, en su afán desesperado de satisfacer sus frustraciones.

Cuando Vicenta lo forzó a asumir el concubinato, ella tenía dieciséis años de edad y el diecisiete para dieciocho, su viaje se presentó cuando iba a cumplir veinte, y tres años después al cumplir los veinte y tres, en las vacaciones navideñas volvió a confirmar la fuga de ésta con un ex novio. Ella había entregando la casa donde vivía y que tan gentilmente él le pagaba, y a partir de ese momento a su regreso a Nueva York, él aún pensaba en cuan desgraciada era su vida, y después de muchos consejos y reflexión asumió lo acontecido como una oportunidad para su auto superación y liberación.

Fue así como al regresar de su viaje, optó por unirse a la pastoral parroquial, cuya consagración lo había llevado a pensar en los asuntos románticos de esos años juveniles, hasta que descubrió a Judy frecuentando la parroquia. Aquella con la que por tanto tiempo había soñado en silencio, y precisamente cuando se aproximaba a su cumpleaños número treinta. El era uno de los chicos de mayo, terco como el toro y exitoso en los negocios, pero muy desgraciado en el amor.

Judy Liberwood, Ariana, silenciosa y reflexiva, recientemente habiendo cumplido los veinte y ocho años en la segunda semana de abril, era una mujer hermosa con ojos claros, pestañas alargadas, labios finos y pómulos torneados, y todos estos atributos la habían ayudado a desarrollar una gran suerte, comparadas con otros inmigrantes.

Judy había cursado el décimo grado de la escuela superior, pero era muy comedida e inteligente, solía tener frecuentemente una sonrisa por dentro al ser mirada de frente y solía saber lo que quería, en el momento que necesitaba saberlo.

En cambio Frank Fúlcar, graduado de escuela superior, trabajó en una factoría de costura durante los primeros tres años, donde se confeccionaban uniformes para el ejército americano, y después que conoció el movimiento de la ciudad, comenzó a vender frutas en los alrededores de la calle 177 y

Broadway, hasta que logró establecer su crédito y recientemente había gestionado un espacio para su propio negocio.

La relación entre Judy y Frank se había intensificado, incluso se habían comprometido. Ella empezó a ayudarlo en la frutera, y el negocio iba de maravilla, y el cada día más enamorado, los ojos de ella eran la luz de su alma, su espíritu el regalo de su vida, y su voz la melodía de su alegría.

Y siendo la mujer el canal de la reproducción que justifica la creación, y siendo la vida impredecible en la limitada conciencia de los hombres que ignoran que para ser feliz en el libre albedrío, es necesario programarse a servir, nunca a dañar, sobre todo porque servir es la felicidad, Judy, nunca entendió ese parafraseo, y su ignorancia tampoco la habían dejado entender que la auténtica justicia consistía en "no hacer a su prójimo lo que no quería que le hicieran a ella", y tras el manto de esta ignorancia, ella permitió que sucediera algo que pudo evitarse.

Habían pasado siete años desde la última vez que Jeremy Becker vio a Judy Liberwood, pero su sonrisa aun perduraba en su corazón, y había iluminado su recuerdo, y por esa circunstancia de la vida un martes diez y ocho de julio cuando el sol se estremecía con sus rayos y el verano arrancaba el sudor, en un acto de distracción y ensimismado en una profunda conversación por celular, caminaba como enceguecido hacia el oeste, sin percatarse por donde pisaba.

Se estragó la mozuela tan impactantemente con alguien que transitaba hacia el este, y que al caer al suelo le tumbó el celular, provocando que ésta al caer emitiera un incontrolable insulto:

—¡Bestia! ¿Por qué no te fijas por donde andas? —dijo

Judy, aún en el suelo y sin mirarle el rostro.

—Perdone señorita —se excusó Jeremy, condescendiente, mientras le extendía las manos para ayudarla a incorporarse.

Cuando ya estaba en pie quedaron impactados en el silencio, rememorando dónde se habían visto, siendo Judy la primera en decirle:

—¿Jeremy?… yo creí que habías muerto. Tres meses después de la muerte de mi padre regresé y te busqué y no pude encontrarte.

—Es sorprendente, también yo te busqué y nunca te encontré. Tus primos me dijeron que te fuiste, yo me fui a trabajar a Nueva Jersey en un proyecto y venía poco a Nueva York —dijo Jeremy.

—¿Te casaste? —cuestionó Judy.

—He tenido algunas aventuras pero sigo solo, qué bueno que te encuentro —afirmó Jeremy.

Se abrazaron sin poder evitar besarse, y fue a partir de ese momento cuando la vida había empezado a darle un giro fatal.

Ella ocultó la existencia de Frank, mientras el triángulo se hacía evidente.

Resultó ser que que Judy no tomaba precaución al relacionarse sexualmente con ninguno de los dos, y en uno de esos descuidos de ovulación, quedó embarazada de Jeremy, haciéndole creer a Frank que había sido él, y todo fue alegría por unos días, debido que a Frank Fúlcar le atacaron unos dolores de próstata que lo llevaron a hospitalizarse, donde se percató a través de los análisis de que era estéril como la liendra, lo que sembró la duda sobre él, de la fidelidad de Judy Liberwood, y empezó a seguirla descubriendo sus encuentros clandestinos con Jeremy.

Sin alarmarse, se mantuvo en silencio, encargó un revólver Magnum 57 en el mercado negro, esperó el momento apropiado y la siguió a su nido de amor, irrumpiendo violentamente en la morada, en el momento que estos se entregaban.

—¿Por qué me haces esto, si te lo he dado todo? — cuestionó Frank, mientras le apuntaba con el arma.

—¡No es lo que parece, no vayas a cometer una locura! — respondió Judy, perturbada.

—¿Quién es este hombre? —indagó Jeremy, asaltado por la sorpresa.

—Él…él es mi novio —respondió Judy.

—¡Tu novio! Si él es tu novio, entonces ¿quién soy yo? — cuestionó Jeremy, cada vez más aterrorizado.

—¿Tú? …tú eres el amante de una zorra y el padre del hijo que espera porque yo soy estéril —dijo Frank.

Frank, disparo sobre Jeremy, dejándolo gravemente herido, pero al creerlo muerto accionó el gatillo sobre sus sienes auto liquidándose al instante, mientras Judy lloraba desconsoladamente.

Los vecinos que habían escuchado el tiroteo y el escándalo, alertaron a la policía que llegó acompañada de de una ambulancia. En breve indagaron lo acontecido, y Jeremy y Judy fueron conducidos al hospital mientras el cadáver de Frank Fúlcar había sido conducido al hospital y después entregado a su padre para que lo sepultase.

Tres meses después, Jeremy se había recuperado en su totalidad. Para ese entonces, Judy Liberwood había cumplido cinco meses de embarazo y se había encargado del cuidado de Jeremy, siendo apoyada y consentida por la familia de éste que aunque en un principios se habían prejuiciado con ella, pudieron entender la razón de su amor.

—Por mi culpa fuiste víctima de una acción irreflexiva, perdóname —dijo Judy.

—No te preocupes, Judy, nadie es culpable de nada, sólo pasa lo que tiene que pasar. Yo soy el que yo soy, es la particularidad de la esencia de la totalidad que es el padre, somos el resultado de la explosión de luz que se produjo en el vacío, al expandirse punto cero y contemplarse a sí mismo, somos a imagen y semejanza del padre creador. Yo perdono a todos aquellos a quienes tenga que perdonar, me perdono yo mismo y le pido al padre que me perdone —dijo Jeremy con una coraza de sensibilidad.

—Mi gran error fue por amor, no pensé que nada igual pudiera suceder —expresó Judy arrepentida.

—Ya todo pasó, ahora sólo quiero que te cuides para que nuestro niño nos nazca saludable —afirmó Jeremy.

Judy lo abrazó, sin poder controlar sus lágrimas, anochecía, la luna le iluminó el camino.

DICCIONARIO

- **Historietico:** Narrativa gráfica como un arte secuencial.
- **Alicornio:** Derivada del Folklore Afro- Antillano en referencia un epiteto de la cultura popular, refieriendose a un amuleto de la religion VUDU que se practica en Haiti, amuleto que segun sus creencias, protege contra los efectos que pueda producir la hechiceria, la enviaciones o los sortilegios.
- **Frizado:** Inmóvil, paralizado, y estático.
- **Reburujados:** Refiere a estar mezclado.
- **Rampar:** Arrastrarse sobre el suelo.

OTROS LIBROS POR
MARIANO MORILLO B. PH.D.

Los Tiranos Del Paraíso, Poemario de Amor Y Prosa De La Ilusión.
Mecanismos y Procedimientos para una Acción Política

Teatro en el Tiempo

Poder Historietico de Opinión
Comunicacional para la Paz

Técnica Para el Trabajo Social de Consejería en
Alcoholismo, Abuso de Drogas y Orientación Académica

Theater Stories and Scenes of a Forgotten People

Chronicle of a Made Case